# Sihirli Top

Fatih Erdoğan

ISBN 978-975-310-077-9

*

**Sihirli Top**



Birinci Basım: Ocak 2009

*

Kapak ve iç resimler:
Huban Korman

*

**Mavibulut Yayıncılık**
Perpa B Blok Kat:11 No:1930
Okmeydanı İstanbul
Tel: 0212- 320 21 30
Faks: 0212- 320 21 33

*

yayınevi: mavibulut@mavibulut.com.tr
yazar: fatih@mavibulut.com.tr
online satış: www.binbirkitap.com

Baskı:
**Mart Matbaacılık**
(0212-321 23 00)
Mart Plaza Merkez Mh. Ceylan Sk. No: 24
Kâğıthane- İstanbul

Sihirli Dizi: 10

# Sihirli Top

Fatih Erdoğan

mavibulut

# Bir

Deniz heyecan içinde Attila'nın ağzının içine bakıyordu. Attila, yüzünde takım kaptanına yaraşır bir ifadeyle çevresindekileri süzüyordu. Savaşa hazırlanan bir komutanın, kurmaylarıyla yaptığı taktik belirleme toplantısındaki tavrını andırır bir ciddiyetle kaşlarını çatmıştı. Tam önünde İlhan, hayranlık dolu bakışlarla onu süzüyor, onun hemen arkasındaki Lütfü ise burnunu karıştırıyordu. Mert, Acar ve Toprak ters kapatılmış hurda el arabasının paslı gövdesine; Bulut, Cem ve Gürol çimento torbalarının üstüne oturmuşlar, Kubilay duvara yaslı eski kapıya dayanmış, büyük maç için Attila'nın vereceği taktikleri kaçırmamaya çalışıyorlardı. Ahmet izin alamadığı için gelememişti. Yarın sınavı vardı ve bunu annesine söyleme hatasını işlemişti.

"Ahmet'e anlatırsınız!" demişti Attila. "O ne yapacağını biliyor zaten."

Ahmet takımın değişmez kalecisiydi.

Deniz daha fazla dayanamadı. Attila'nın arkasından öne doğru yürüyerek sordu:

"Ben takımda mıyım?"

Attila onu ilk kez görüyormuş gibi

yerinden sıçradı. "Sen mi?" dedi gülerek. "Tabii ki takımdasın, ama yedek takımda!"

Kahkahalarla güldüler. Deniz de alay edilen kişi rolünün üstünde kalmasını istemediği için onlarla birlikte gülmeye çalıştı. Ama bunda çok başarılı olduğu söylenemezdi çünkü takıma alınmamasından duyduğu acı, öyle zoraki gülmeyle filan gizlenecek kadar küçük değildi. Başını eğdi. Gözlerinin dolduğunu gizlemek istiyordu.

"Haydi dışarı!" dedi Attila yüksek sesle. "Yoncaspor'un aslanları antrenmana! Haydi Deniz, sen de..."

Deniz sevinçle başını kaldırdı. O da antrenmana katılacaktı! Yüreği hop ederek dışarı yürüdü.

"Gürol sen kaleye!" dedi Attila. "Tek kale yapacağız. Lütfü, İlhan, Toprak, Kubilay... Siz benim takımdasınız. Acar, Mert, Cem, Gürol... Bir deee..."

Deniz gözleriyle Attila'nın gözlerini arıyor, kendini göstermeye çalışıyordu.

"Bir deeee... Hay allah! Eksik kaldınız..."

Deniz hayal kırıklığıyla geri çekildi. Onu niye görmüyorlardı ki? Oysa az önce Attila onu da antrenmana çağırmamış mıydı? Ne yani, ötekilerin antrenmanını izlesin diye seyirci olarak mı çağırmıştı onu "Haydi antrenmana!" derken? Gözleri yine doluyordu ki, Attila'nın sesiyle irkildi:

"Heeey! Deniz var ya! Onu alın!"

Deniz sevinçle döndü. "Tabii," dedi içinden, "Unuttular beni, hepsi bu."

"Beşe beş tamam oldu işte!" dedi Attila.

"Beşe beş mi!" diye Cem itiraz etti. "Beşe dört buçuk desen daha doğru olur..."

Yine kahkahalarla güldüler.

"Ne yani?" dedi Lütfü. "Deniz'e 'fasulyeden sayılır' mı demek istiyorsun?" Gülmekten yerlere yatacaktı neredeyse.

"Sensin fasulye!" dedi Deniz ona öfkeyle bakarak. Lütfü gülerek yaklaştı ve Deniz'i omzundan itti. Deniz de silkinerek onu itti.

“Heeey!” dedi Attila ikisinin arasına girerek. “Haydi bakalım, sporcusunuz siz; sporcular kavga etmez. Hele Yoncasporlular asla!

“Bana fasulyedensin dedi!”

“Desin, boş ver. Haydi başlıyoruz! Top yırtık, ama idare edeceğiz artık. Yeni bir top almalıyız...”

Gürol koşarak kaleye geçti. Aslında iyi bir santrafor oyuncusuydu, ama şimdilik Ahmet'in yerine kaleci olacaktı.

Takımın toplantılarını yaptığı, eski eşyaların depolandığı salaş kömürlükten çıktılar. Kimsenin ilgilenmediği ama, meyve vermese de yaşamayı her nasılsa başaran kayısı ağacını geride bıraktılar. Eğrili büğrülü çizgilerle sınırları belirlenmiş küçük futbol sahasına geldiler. Pek profesyonel bir saha sayılmazdı ama yine de mahallenin tek futbol sahası olduğu için burası herkes için önemliydi. Bir kıyısında üzerinde çoktan iflas etmiş bir bankanın silik adı yazılı üç beş salaş banktan oluşan bir tribünü bile vardı.

Attila topu ayağında sektirmeye başladı. Bir... İki... Üç... Dört... Hepsi onu hayranlıkla izliyorlardı. Mahallenin en iyi top sektireniydi Attila. Zaten bu nedenle kaptandı ya. Biraz da yaşı nedeniyle tabii... Hepsinin en büyüğüydü. Ondan çekinirlerdi. Futbolu aralarında en iyi bilen oydu.

Deniz ise en küçükleriydi. Böyle olduğu için de ötekiler onu Yoncaspor takımının gerçek bir üyesi olarak görmüyorlardı. Ama o her antrenmana herkesten önce geliyordu. Maçlarda kale arkasında top toplamaktan başka bir işleve uygun görülmüyordu. Topu her yakaladığında kaleciye eliyle vermektense kendini göstermek için kıvrak bir şut çekiyordu. Ancak zavallı Deniz'in ayağında ne varsa, top sahaya gitmek yerine, yandan yine saha dışına gidiyordu. Oyunu sürdürmek için topu bekleyen oyuncular ve maçı izleyenler ona öfkeyle bağırıyorlardı. "Neden? Neden? Neden?" diyordu Deniz kendi kendine. "Neden ben sağa vurduğumda top sola gidiyor, sola vurduğumda sağa?"

Böyle zamanlarda kendini çok berbat hissediyordu. Herkes ona bakıyor, beceriksizliğine gülüyordu. Hele bir de saha kenarında maçı izleyenler varsa, işte o zaman Deniz kale arkasında çömelerek kendini görünmez hale getirmeye çalışıyordu. Öyle zamanlarda gizlice izleyicilere bakıyor, özellikle birinin olup olmadığından emin olmaya çalışıyordu. Bir topa doğru dürüst tekme bile atamayan birisi olduğunu Miray'ın görmesini asla istemezdi.

Yakında Yoncaspor'la Kuruyayla Gençlik Spor'un maçı olacaktı. Bugünkü antrenman bu maça hazırlık için yapılıyordu. Attila maçtan önce birkaç antrenman daha yapmaları gerektiğini düşünüyordu.

"Arkadaşlar!" diye seslendi. "Bu büyük maçı mutlaka kazanmalıyız. Bunun için de birkaç antrenman daha yapmalıyız, tamam mı!"

"Tamam!" diye bağırdılar.

"Haydi aslanlar!"

Gürol gerildi. Deniz heyecanlıydı. Evet, bir antrenmandı sonuçta ama o da oynuyordu işte. Kim bilir, belki antrenmanlarda kendini gösterirse maça da çıkabilirdi, neden olmasın? Önemli olan maçı kazanmaktı. Eğer iyi oynadığını gösterirse... Hatta gol attığını...

Hayalinde top önünde koşuyordu. Maçın izleyicisi coşmuş, ayağa kalkmıştı. İki rakip oyuncuyu daha çalımladı ve sol ataktan müthiş bir akın yapıp şutu kaleye yolladı. Saha inliyordu... Ama o inleyen sahayla da, maçın izleyicileriyle de ilgilenmiyordu. Gözleri en ön sıralardan birinde oturmuş onu hayranlıkla izlemekte olan Miray'daydı. Deniz saha kenarına koşuyor, kopardığı bir papatyayı ona doğru savuruyordu. Miray yerinden sıçrıyor ve papatyayı havada yakalıyordu. Dev stadyumun her yanına yerleştirilmiş büyük ekranlarda bir yandan Deniz'in attığı müthiş gol tekrar tekrar gösteriliyor, bir yandan da kameralar, elinde papatyasıyla Miray'ın Deniz'e hayranlık dolu bakışlarına odaklanıyordu.

"Heeey!"

İrkildi. Önünden geçen topu gördü.

"Pas verdim alsana!"

İlhan'ın pasını gördü ama iş işten geçmişti. Top onu geçip bayır aşağı yuvarlandı gitti. Deniz koştu. İşte yine top toplayıcılık yapıyordu. İlk kez oyuncu olma şansı eline geçmiş, onda da hayallere dalıp topu ıskalamıştı. Kendine kıza kıza topu yakalayıp kucakladı. Eliyle sahaya bıraktı.

Maç yeniden başladı. Topu Deniz'den Toprak aldı ve kaleye yöneldi. Karşısına Bulut dikildi. Bir iki sağ sol yaptılar. Bulut topu yakalamaya çalışıyor, Toprak'sa ayağıyla bir o yana, bir bu yana aktarıp durduğundan bunu başaramıyordu. Toprak sonunda topu geriye, Attila'ya kaydırdı. Attila topu ayağında tutmadı, soldan kaleye doğru koşan Toprak'a pas attı. Ama Mert, Toprak'tan önce davranıp topu aldı ve kaleye yöneldi. "Burdayım!" Cem'di bu. Mert kendisi vurmak yerine topu Cem'e göndermek istedi ama başaramadı. Çünkü Kubilay daha önce davranıp topu kesti ve pozisyonu değerlendirip topu ağlara gömdü.

"Goool!"

Attila, Lütfü, İlhan ve Toprak sevinçle Kubilay'a koştular.

Cem öfkeyle kollarını salladı.

Gürol topu alıp geldi ve havalı bir degaj yaptı. En gerideki Acar topu karşıladı. Sakin adımlarla ilerledi. Kubilay az önce gol atmış olmanın verdiği enerjiyle hızla koşup geldi. Acar onu fark etmişti. Topu hemen gerisindeki Bulut'a kaydırdı. Bulut topla sağdan ilerledi. Kubilay'ı da geçmeyi başardı ancak soldan Kubilay, karşıdan da Attila sıkıştırınca bir ayak hareketiyle topu Kubilay'ın bacakları arasından Cem'e verdi. Cem'in önü de boş değildi. Toprak ve Lütfü tam karşısından ona doğru geliyorlardı. Bunun üzerine geri döndü ve Acar'ı gördü. Acar topla geriledi. Uygun pozisyon arıyordu. Mert'i gördü.

Topu ona kaydırdı. Mert daha uygun bir pozisyondaydı ama topu ayağında tutmadı; daha ilerdeki Bulut'a pas verdi. Bulut da hiç beklemeden Cem'e aktardı. Cem'le kale arası kapalıydı ama sol tarafta Deniz'in önü açıktı. Onu önemsemediklerinden o tarafı boş bırakmışlardı. Deniz de önüne çıkan fırsatın farkındaydı. Şu anda top ayağında olsaydı, ah bir olsaydı, kale yayla gibi yayılıyordu önünde. Bir şut! Gol olurdu işte.

"Burdayım!" diye bağırdı. Cem onu ve bulunduğu muhteşem pozisyonu fark etmişti. Mutlak bir golün heyecanıyla topu Deniz'e gönderdi. Deniz topun süzülerek gelişini izlerken kendini atacağı gole hazırlamak üzere gerildi. Her şey öyle uygundu ki, en yakındaki rakip oyuncunun bile ona bu gol fırsatını değerlendirmeden önce yetişmesi zordu. Gürol kalede gözünü Deniz'e doğru akan topa dikmiş, ne tarafa doğru uçacağını kestirmeye çalışarak olduğu yerde yaylanıp duruyordu. Deniz gerildi gerildi ve gelen topa müthiş bir şut çekti.

"Gooool!" sesini bekledi... Birilerinin "Gooool!" diye bağırmasını bekledi.

"Goool!" sesi gelmedi...

Kimse "Goool!" diye bağırmadı.

Deniz Gürol'a baktı. Herhangi bir tarafa uçmamıştı. Öylece dikiliyordu.

Top?

Top neredeydi?

Müthiş bir kahkaha koptu!

Attila, Lütfü, İlhan, Toprak, Kubilay... Gürol... Kahkahalarla gülüyorlardı.

Kendi takımımın oyuncularının suratı ise asıktı, ama bir anda onlar da gülmeye başladılar. Maçı izleyenlerden biri elinde topla sahaya girdi. Deniz'e yaklaştı, "Al," dedi. "Topu taca attın!"

Kahkahaları kahkahalar izledi.

"Yuh be!" dedi Lütfü. "Avut bile değil! Ordan da top taca gider miydi!"

Deniz çevresindeki tüm seslerin kulaklarında uğuldadığını hissetti. "İyi ki..." dedi, "İyi ki o maçı izlemiyor..."

Başını kaldırıp izleyicilere baktı. En ön sırada iki kızın ortasında antrenman maçını izlemekte olan Miray'la göz göze geldi.

# İki

"Kimmiş sahibi?" Müteahhit Fevzi Bey bu soruyu sorarken sol elinin küçük parmağını kulağının içine sokmuş çevirip duruyordu.

"Bir kadın," dedi tam karşısındaki, "Yaşlı bir kadın..."

Fevzi Bey parmağını kulağından çıkarıp inceledi. Sonra bir daha soktu. Gözlerini karşısında iki büklüm ayakta dikilen adamı Abbas'a dikmişti.

"Kimmiş, dedim!" diye gürledi. Abbas yerinden sıçradı.

"Bir kadın, efendim..." dedi titreyerek. "Yaşlı... Şeytmiştim ya demin..."

Fevzi Bey kulağının içindeki parmağını hızlı hızlı döndürmeye başladı. Sinirlendiği zamanlar hep yaptığı bir şeydi bu. Onun bu huyunu bilmeyip de ilk kez görenler dehşete kapılırdı çünkü parmağını öyle bir sokardı ki kulağına, sanki parmağı öteki kulağından çıkacak sanırdınız.

"Yaklaş!" diye gürledi.

Abbas anlamadı. Sağa sola bakındı.

"Yaklaş dedim yavrucuğum!"

Abbas bu 'yavrucuğum' sözünün şu anda hiçbir biçimde şefkat içermediğini bilecek kadar uzun yıllarını geçirmişti Fevzi Bey'le. Ürkerek yaklaştı.

"Biraz daha yaklaş!"

Abbas biraz daha yaklaştı.

"Eğil!"

Abbas eğildi. Eğilir eğilmez de Fevzi Bey'in ayı pençesini andıran eli kulağına yapıştı.

"Aaaah!"

"Yavrucuğum," dedi Fevzi Bey, "Söyle bakalım, ben sana o arsanın sahibini sorarken ne diye sordum?"

Abbas hiçbir şey anlamamıştı.

"Ne sordum?" diye yineledi Fevzi Bey.

"Efendim... Dediniz ki, kimmiş o arsanın sahibi, dediniz... Aah, kulağım..."

"Tamam yavrucuğum... Demek ki ne demişim? Kimmiş demişim, değil mi?"

"Evet, öyle demişsiniz efendim. Şey... Şu kulağımı..."

"Peki yavrucuğum, söyle bakayım, ben sana git şu arsasını satmayı reddeden kişinin cinsiyeti neymiş, öğren de gel, dedim mi?"

"Şey... Hayır efendim..."

"Güzel... Peki şimdi de söyle bakalım, ben sana git şu arsasını, yapacağımız siteye dahil etmeme engel olan kişi yaşlı mıymış genç miymiş, öğren de gel dedim mi?"

"Şey, hayır efendim..."

"Ne dedim o halde?"

"Kimmiş, öğren, dediniz..."

Fevzi Bey Abbas'ın kulağına son bir kez asılıp bıraktı ve gürledi:

"Eeee? Söylesene be adam. Bana ne onun yaşlı mı genç mi olduğundan veya kadın mı erkek mi olduğundan! Kimmiş diyorum, kimmiş? Adı ne yani?"

Abbas'ın yüzü aydınlandı. Yalnızca kulağı kıpkırmızıydı.

"Haaaaa," dedi. "Adı... Şey... Neriman... Neriman Hanım... O arsayı asla satmayacağını söyledi. Dünyalar versek yine de satmazmış. O evde doğmuş. O arsada saklambaç oynamış, çelik çomak oynamış, ebecilik oynamış, yakantop oynamış, beştaş oynamış, aç kapıyı bezirgânbaşı oynamış, yağ satarım bal satarım oynamış, kukalı saklambaç oynamış, istop oynamış, körebe oynamış, misket oy..."

"Yeteeeeeer! Yeter be adam. Sonuca gel. Anlattın mı ona?"

"Neyi?"

"Neyi mi? Neyi mi? Getir kulağını! Yaklaş!"

"Hayır hayır efendim. Kulağım böyle iyi efendim. Tabii... Tabii... Anlattım..."

"Ne anlattın? Söyle çabuk!"

"Şey efendim... Dedim ki, bak teyzeciğim, biz buraya site yapcaz! Herkesin arsasını aldık. Bi seninki kaldı. İnşaat bekliyo senin yüzünden... Arsanı bize satcan! Dedim ki, bak senin bi ayağın çukurda!"

"Eşşek!"

"Efendim?"

"Eşşek, dedim, duydun mu? Yani bi hayvan var ya, uzun kulaklı..."

"Evet, biliyorum efendim..."

"İşte sen osun yavrucuğum... Bir eşeksin!"

"Kalbimi kırıyorsunuz efendim..."

"Kalbini mi? Kalbini kırmakla yetineceğimi mi sanıyorsun sen? Kafanı kıracağım senin, kafanı. Lan oğlum, öyle mi denir?"

"Nasıl efendim?"

"Evladım, bir kadına, yaşlı da olsa, 'bir ayağın çukurda' denir mi hiç?"

"Zaten o da çok kızdı, efendim..."

"Kızar tabii..."

"Kızmakla yetinmedi, efendim... Kafama tavayla vurdu..."

Fevzi Bey kendini tutamayıp bir kahkaha attı. "Tavayla mı?"

"Evet efendim. Ben öyle deyince, beklememi söyleyip mutfağa gitti. Döndüğünde elinde siyah bir tava vardı. Hani köfte kızarttığımız tavalardan... Ben de bana köfte ikram edecek sanıp sevinmiştim ama tavayı kafama indirdi, efendim..."

"İyi etmiş, benim dangalak oğlum! Anlaşılan bu işi kendim halletmek zorundayım. Yarın ben gideceğim onunla görüşmeye."

“Aman efendim, tavadan sakının kendinizi. Herkes uyarmıştı beni zaten. Çok aksi bir kadınmış bu Neriman Hanım.”

“Merak etme sen,” dedi Fevzi Bey, “Ne aksiler gördüm ben hayatımda. İstediği kadar aksi olsun, ben onunla nasıl konuşacağımı bilirim…”

# Üç

Deniz hızla kaçmıştı sahadan. Başına, gelebilecek en kötü şey gelmiş, önünde yayla gibi yayılmış olan koca kaleye o kadar yakınken golü kaçırmıştı. Sağ ayağını hırsla yere vurdu. O kadar yakından insan gözü kapalı atardı golü, diye tekrarlayıp duruyordu içinden. Ayağına kızıp duruyordu. "Ayağımın ayarı yok benim!" dedi. "Rezil oldum! Rezil oldum!"

Nasıl da kahkahalarla gülmüşlerdi. Hepsinden korkunç olanı da, ah işte hepsinden berbat olanı da ve hepsinden felaket olanı da... Ah! Ah!.. Miray neden gelmişti ki antrenmanı izlemeye, neden? Ve neden ille de ve ille de o en korkunç, o en aptalca, o en sersemce şeyi yaptığı anda ordaydı ki? Tam da o zaman mı gelmişti? Ne şanstı! Daha doğrusu ne şanssızlık!

Ayağını yeniden yere vurup hızlandı. Yukarı parka doğru yürüdü. Hırsından ağlayacak gibiydi. Bu halde eve gitmek istemiyordu. "Ne oldu?" diye sorarlardı. "Kavga mı ettin?" Bir sürü soru... Ne diyecekti ki onlara? "Hayır kavga filan etmedim, birkaç metre önümde koskoca bir kale vardı ve ben hayatımda ilk kez bu kadar güzel bir pozisyonda ayağıma gelen topu kaleye değil de taa en ilgisiz yöne, taca attım yamuk ayağımla!"

Bunu mu diyecekti? Ve bir de, "Üstelik Miray bula bula gelip de benim bu en sersemce vuruşumu yaptığım antrenmanı buldu izleyecek!" mi diyecekti?

Hırsından ağlayacak gibiydi. Yerdeki ezik büzük kola kutusuna bir tekme savurdu. Kutu çimenlerin arasında kayboldu.

"Yok işte ayağımın ayarı!" dedi. "Ne olur yani, şöyle vurduğumda topu nereye istiyorsam oraya gönderebilsem! Çok mu zor yani?"

Deniz bu sözleri söylediği sırada ne parkın ortalarına geldiğinin farkındaydı ne de dev meşe ağacının tam altından durmakta olduğunun... Akşamüzerinin alacakaranlığında ıssız parkın ortasında kendi kendine yakınıp durmakta olan Deniz, bu sözlerini kimsenin duymadığını sanıyordu. Kimse yoktu gerçekten de. Ama Deniz'in yakınmaları meşe ağacının uyuklamaya hazırlanan yapraklarını hışırdattı. Deniz akşam serinliğini tüm bedeninde hissederek ürperirken meşe ağacının dalları hafiften yaylanmaya, sonra da hızlanarak aşağı yukarı sallanmaya başladı. Deniz şaşkınlıkla başını yukarı kaldırdı. Ağaç, fırtınaya kapılmış gibi uğultuyla sarsılıyordu. Deniz ürktü. "Fırtına çıkıyor," dedi. Eşofmanının başlığını başına geçirdi.

Eve gitmeye karar verdi. Ağacın dalları sallandı, sallandı ve en üst dallardan bir palamut yaprakların arasından kayarak Deniz'in başına PIT! diye düştü.

Deniz şaşkınlıkla elini başına götürdü. Başına bir arı, kelebek ya da küçük bir kuş konduğunu sanmıştı ilk anda. Ama sonra yere düşen palamutu fark etti. Eğilip aldı. Palamutun pırıltısı hoşuna gitti. Eşofmanının cebine koyup yürümeye devam etti. "Düşe düşe benim başımı buldu!" dedi. "Bendeki de şans işte!"

Ah şu rastlantılar! Ah şu Deniz'in şans deyip geçtiği tuhaf ve anlaşılmaz şey! Deniz o antrenmanda topu taca atıp da golü kaçırmasaydı ya da golü kaçırsaydı da Miray onu görmemiş olsaydı, üzüntüsünü dağıtmak için parka doğru yürümeyecekti. Ya da parka doğru yürüse bile yüksek sesle ayağının yamukluğundan yakınmayacaktı. Yakınmayacağı için de meşe ağacı onun derdini duymayacaktı. Duymayacağı için de dallarını sallamayacak ve en üst dallardan bir palamutu başına düşürmeyecekti. Düşürse bile Deniz eğilip de o palamutu almayacak, alsa bile belki yine atacaktı. Deniz'in 'şans' dediği şey ne kadar da birbirine bağlı bir rastlantılar dizisinden oluşuyordu!

Deniz iki elini de eşofmanının ceplerine soktu. "Zaten bende şans olsa..." diye mırıldanarak eve doğru yürüdü.

# Dört

"Heeey! Bu ne? Yüzün sirke satıyor!"

Deniz şaşırarak babasına baktı. Bir yandan da ayakkabılarını çıkarıyordu. Babası kendisinden önce eve gelmiş, belki de hiç çıkmamıştı. Çünkü bir süredir işsizdi.

"Nasılsın oğlum?" dedi annesi mutfaktan getirdiği tencereyi masaya koyarken. "Haydi ellerini yıkayıp sofraya gel bakalım."

"Ne var?"

"Makarna."

"Oley!" Deniz makarnaya bayılırdı. Sevinçle koşup ellerini yıkadı ve masaya geldi.

"Ne sirkesi baba?"

Babası ağzına doldurduğu bir kaşık kelebek makarnayı çiğnemeye çalışarak "Ne?" dedi.

"Sirke mi satıyormuşum, öyle dedin bana..." dedi Deniz.

Babası güldü. "Evet, yüzün sirke satıyor, dedim. Yani yüzün asık demek. Deyim..."

"Haaa..." Deniz güldü. Komiğine gitmişti.

"Eeee?" dedi babası. "Neyin var bakalım?"

"Hiiiç," dedi Deniz. "Gol kaçırdım bugün."

"Gol mü kaçırdın?"

"Evet. Kale dibindeydim. Top ayağıma kadar geldi..."

"Ofsayt pozisyonu?"

"Hayır, hiç bile ofsayt değildi. Top ayağıma geldi..."

"Topu mu ıskaladın?"

"Hayır, ıskalar mıyım? Iskalamadım. Vurdum."

"Eee, kaleci mi yakaladı?"

"Hayır, vurdum ve top gitti..."

"Avuta?"

"Hayır, taca..."

Deniz'in babası kahkahayı koyverecekti ki son anda Deniz'in gözlerinin dopdolu olduğunu fark etti.

"N'oldu?"

Deniz hıçkırıklarını bırakıverdi. "Hiçbişey olmadı! Hiçbişey olmadı. Benim ayağım yamuk!"

Annesi ve babası birbirlerine baktılar.

"Ayağın mı yamuk?"

"Evet ayağım yamuk işte. Topa vuramıyorum. Vuruyorum ama top başka yöne gidiyor. Ben karşıya vuruyorum, top yana gidiyor..."

Deniz'in babası da annesi de gülmemek için kendilerini zor tutuyorlardı.

"Oğlum senin ayağın yamuk filan değil ki!"

"Yamuk işte!"

Babası Deniz'e sarıldı.

"Hayır, yamuk filan değil. Zamanla sen de topa daha çok hakim olmayı öğreneceksin. Çalışırsan olur ama çok çalışırsan... Biliyor musun, bizim takımın en berbat futbolcusu bendim küçükken..."

"Aa? Sen de futbol oynadın mı?" Deniz birden çok ilgilenmişti.

"Tabii," dedi babası, "Oynamaz mıyım? Ama dediğim gibi, berbattım."

"Eee? O zaman niye oynatıyorlardı ki seni, başkası yok muydu?"

"Hımmm... Bunun çok basit bir nedeni var Denizciğim, çok basit... Top benimdi!"

"Top mu senindi?"

"Tabii ya. Oynatmazlarsa topumu alıp gideceğimden korktukları için beni oynatmamazlık edemiyorlardı. Neyse, boş ver, bak sana ne diyeceğim, Pele de küçükken topa iyi vuramazmış..."

Deniz burnunu çekerek sordu:

"Pele de kim?"

"Ne bilsin o Pele'yi?" dedi annesi gülerek.

"Doğru, Sen Maradona'yı bilirsin..."

"O kim?"

Üçü birden kahkahayla güldüler. Ortamın yumuşamasını fırsat bilen annesi "Haydi," dedi, "Şimdi yemeğimizi yiyoruz."

Deniz domatesli kelebek makarnayı çok severdi. Bir yandan makarnasını kaşıklarken, bir yandan da Miray'ı düşünüyordu. Miray'ı düşünmek onu her zaman mutlu ederdi ama bu akşam aynı mutluluğu yaşayamadı. Çünkü Miray aklına gelir gelmez bugün antrenmandaki sersemliğini yeniden hatırladı ve içi sıkıldı. Bugünü düşünmek bile istemiyordu.

"Bugün ne oldu?"

Başını kaldırdı. "Bugünü düşünmek istemiyorum dedim ya!" diye kızacaktı annesine. Zihnini mi okumuştu annesi? Hayır, annesi soruyu ona değil, babasına sormuştu.

"İyi bir haber..." dedi babası. "Yakında site inşaatı başlayacak. Kalfa olarak görevlendireceklermiş beni. Plan proje aşaması sürermiş ama bu arada beni başlatacaklarmış..."

"Aman aman, iyi bari," dedi annesi gülümseyerek. "Üçüncü aya girdik işsiz. Ev sahibiyle konuştum. Bir ay daha idare edecek. O zamana kadar maaş almaya başlarsın herhalde?"

"Sanırım. Aslında daha önce başlayacaklarmış ama bir engel çıkmış, onu çözmeye çalışıyorlarmış. Bakalım..."

Deniz babasıyla annesinin her akşamki iş konuşmalarını bu akşam dinlemek istemedi. Kendini yorgun hissediyordu. Önce bir süre kanepede uzanarak Miray'ı gözünün önüne getirmeye çalıştı. Miray ona hep aynı bakışla bakıyor gibiydi; şu saha kenarından bugün baktığı gibi ya da... "Sersem çocuk, topu nasıl da taca attı öyle!" der gibi. Deniz Miray'ın bakışlarından gizlenmek istedi. Başaramadı. Miray hâlâ gözlerini dikmiş, ona bakıyordu. "Sersem çocuk! Sersem çocuk! Topu taca attı! Yamuk ayaklı n'olcak!"

Deniz kanepeden kalktı. Miray hâlâ bakıyordu. Yatağına yatıp yorganın altına gizlenmek istedi. Koşarak odasına gitti. Odasının ışığını bile açmadan üstündekileri hızla çıkarıp yere attı. Sonra da yatağının bir ucundan yorganı kaldırıp altına süzüldü. Başını yastığın altına sokarak iyice örtündü ve bacaklarını karnına çekip büzüldü. Yatağın ayak ucunda duran gökkuşağı rengindeki pırıl pırıl top onun hareketiyle yataktan yere yuvarlandı ve giysi dolabına çarpıp durdu. Deniz bunu fark etmedi bile. Hemen uyudu.

# Beş

Müteahhit Fevzi Bey girişken ve becerikli bir işadamıydı. Kentin birçok yerine çok sayıda site yapmıştı. Bu bölgeye yapacağı büyük sitenin iznini ise belediye ile kurduğu yakın ilişkiler sonucunda almayı başarmıştı. Arsası site sınırları içinde kalan herkes bir biçimde arsasını Fevzi Bey'e satmaya ikna edilmişlerdi. Fevzi Bey'in bu konuda zor kullandığı dedikodusu ortalıkta dolaşıyorsa da, o bunu kabul etmiyordu. Ona göre çok uygun fiyatlar önerdiği için herkes arsasını ona 'güle oynaya' satıyordu. Böylece Fevzi Bey artık sitenin inşaatına başlamaya hazır sayılırdı. Yani, tam olarak değil tabii; geriye henüz satın alamadığı bir arsa daha kalmıştı: Çocukların futbol sahası olarak kullandığı ve Neriman Hanım'a ait olduğu bilinen arsa... Çok büyük olmamakla birlikte burası site için planlanan alanın tam ortasında yer alıyordu. Yani, Fevzi Bey ne yapıp edip burayı da Neriman Hanım'dan almalı ve site arazisine katmalıydı. İnşaatın başlayabilmesi bunu bekliyordu.

Fevzi Bey bu arsayı alabilmek için kendisi harekete geçmeye karar vermişti. Bu düşünceyle eline koca bir buket çiçek aldı, yüzüne sırıtık bir ifade takındı ve Neriman Hanım'ın kapısını çaldı.

O geldiğinde Neriman Hanım tarhana çorbası pişiriyordu. Ocağın üstündeki tencereyi tahta bir kaşıkla ağır ağır karıştırıyor, bir yandan da alçak sesle bir şarkı mırıldanıyordu. Öteki ocağın üstüne de tavayı koymuştu. Çorbayı bir taşımlık kaynatınca tavada köfte kızartacaktı.

Kapı çalınca kendi kendine söylendi. "Ah çocuklar!" dedi. "Bıkmadınız kapımı çalıp çalıp kaçmaktan..."

Neriman Hanım'ın kapısını onu kızdırmak isteyen çocuklardan başka çalan olmazdı. Bu nedenle kapısı çalınınca Neriman Hanım asla kapıya bakma gereği duymaz, her ne iş yapıyorsa onu yapmaya devam ederdi. Yine öyle yaptı. Alçak sesle söylediği şarkının yeni dörtlüğüne geçip sesini titretti ve tarhanayı karıştırdığı tahta kaşığı şöyle bir tur daha çevirdi tencerenin içinde. Çorba henüz fokurdamıyordu. Biraz daha karıştırıp kulağını verdi. Fokurtuyu duyunca tavanın altını yakacak ve köfteleri kızartacaktı. Hayır, kulağına fokurtu gelmedi. Fokurtu yerine takırtı geldi. Takırtı kapıdan geliyordu. Birisi kapıyı vuruyordu. Neriman Hanım başını iki yana salladı. "Ah çocuklar!" dedi. "Bıkmadınız bıkmadınız..." Bir yandan da tarhanasını karıştırmayı sürdürdü.

Fevzi Bey, elinde çiçeklerle kapıda

dikilmiş Neriman Hanım'ın kapıyı açmasını bekliyordu. Yüzündeki sırıtık ifadenin bozulmaya başladığını fark edince kendini yeniden sırıtmaya zorladı. "Allah Allah! Evde yok herhalde..." dedi ve kapıya bir daha vurdu. Bekledi.

Hüseyin Dede'nin her gün bakkaldan eve doğru yürüdüğü yol Neriman Hanım'ın evinin biraz uzağından geçiyordu. O gün de ekmeğini ve gazetesini almış ağır adımlarla evine doğru yürüyordu. Aslında bakkal ona, "Siz zahmet etmeseniz, ben çırakla yollarım her sabah," demiş olsa da, Hüseyin Dede bu bakkal yolculuğunu bir tür spor olarak sürdürmeye kararlıydı. Her sabah yakınından geçerken şöyle bir göz ucuyla Neriman Hanım'ın evine doğru bakmayı da hiç unutmazdı.

O gün de yine aynı şekilde oradan geçerken, kapıda elinde çiçeğiyle dikilmekte olan bir adam görünce şaşırdı. "Allah Allah," dedi. "Neriman için biraz genç değil mi?"

Gözlerini kıstı ve belli etmemeye çalışarak daha dikkatli baktı. "Evet evet," dedi. "Bence çok genç Neriman için... Göbekli de... Gönül işte. Demek ki buna gönül verdi Neriman şimdi de..."

Hüseyin Dede bu düşüncelerle adımlarını hızlandırdı ve evine gitti.

Neriman Hanım, kapıyı ısrarla çalan bu

çocuklara artık haddini bildirmek gerektiğine karar vermişti. Hem tarhana da fokurduyordu artık, yani karıştırmayı bırakabilirdi. Ocağın altını kıstı ve tavayı eline alıp şöyle bir tarttı. Kapıya doğru yürüdü.

Fevzi Bey, Neriman Hanım'ın evde olmadığına karar vermek üzereydi artık. Son bir kez daha şansını deneyip sonra gitmek istedi. Kapıya hiç vurmadığı kadar hızla vurdu. Kapı açıldı. Neriman Hanım öfkeden gözü dönmüş bir şekilde, kapıyı ısrarla çalan edepsiz çocuğun kafasına tavayı LÖNK! diye indirdi.

"Uyyy!" diye bağırdı Fevzi Bey. Kendi bir yana, elindeki çiçekler başka bir yana saçıldı. "Uyy! Başım!"

Neriman Hanım edepsiz bir çocuk yerine kravatlı ceketli, eli çiçekli koca bir adamı kapısında görünce çok şaşırmıştı.

"Özür... Özür dilerim!" diye kekeledi. Fevzi Bey yerinden doğruldu. Yerlere saçılmış çiçeklere baktı. "Gitti paralar!" dedi içinden. Sonra yerinden doğruldu. Doğrulurken sırıtmaya çalıştı. Karşısındaki eli tavalı kişi onun kaderini belirleyecek olan kişiydi. Onunla iyi geçinmeli, ona kendisini sevdirmeliydi. Böylece arsasını satmaya onu ikna edebilirdi.

Sırıtarak kalktı. "Ufff!" dedi. "Maşallah, eliniz de epey ağırmış."

Neriman Hanım tekrar "Çok özür dilerim..." dedi. "Çocuklar hep kapımı çalıp kaçıyorlar da, onlardan biri sanmıştım..."

"Anlıyorum," dedi Fevzi Bey.

"İçerde tarhana karıştırıyordum ve sabrımı taşırdılar."

"Haklısınız."

"Evet ama, demek ki haklı değilmişim; baksanıza çocuklar değilmiş kapımı çalan... Sizmişsiniz! Tekrar özür dilerim. İçeri gelip bir kâse çorba içmek ister miydiniz?"

"Şey, teşekkür ederim..." dedi Fevzi Bey. "Tabii olur..." İçeri doğru yürüdü. Bir yandan da yerdeki çiçeklerine bakıyordu.

"Çiçekleriniz..."

"Evet, size getirmiştim..."

"Nee? Bana mı?" Neriman Hanım öfkeden köpürmüştü. Elindeki tavayı var gücüyle Fevzi Bey'in kafasına indirdi. "Sen kim oluyorsun da yaşını başını almış bir kadına kur yapmaya kalkıyorsun ha! Çabuk o çiçeklerini de toplayıp defol burdan!"

Kafasına tavayı ikinci kez yiyince Fevzi Bey'in beyninde şimşekler çaktı. "Hayır hayır!" diye inledi. "Yanlış anladınız. Ben evli barklı bir adamım..."

"Evli mi?"

"Evet, tabii. Evliyim. Çiçekleri yalnızca bir komşuluk nezaketi olarak getirdim size."

Neriman Hanım bir kez daha utanmıştı.

"Ah komşucuğum," dedi. "Demek yeni taşınan bir komşumsunuz ve tanışmak için geldiniz bana. Ah ne kadar büyük bir incelik ve ben buna karşılık ne kadar kaba davrandım size. Bakın tarhana çorbasının yanında köftem de var. Lütfen kendimi bağışlatmama izin verin. Şöyle masaya alayım sizi. Lütfen..."

"Ah, başım. Pekâlâ Neriman Hanım. Hemen geçiyorum. Biliyor musunuz, zaten şimdi buradan çıksam evime kadar gidemem. Başım kazan gibi oldu. Yani, eliniz nasıl da kuvvetli. Tavayı çok iyi kullanıyorsunuz Neriman Hanım, hah hah haa..."

Neriman Hanım üzüntüyle sandalyeyi çekerek Fevzi Bey'in oturmasına yardım etti.

"Şöyle buyurun. Hah, şimdi şu yeni pişmiş tarhanamdan içince hiçbir şeyiniz kalmaz... Turşu da çıkarayım size... Adınız neydi demiştiniz?"

"Fevzi..."

"Fevzi Bey... Hoş geldiniz mahallemize... Ne iş yapıyorsunuz bakalım?"

"Şey... Müteahhit..." Fevzi Bey bunu biraz duraksayarak söylemişti. Konuya hemen girmeli miydi, bundan emin olamıyordu.

Neriman Hanım bir kahkaha attı. "Siz de mi müteahhitsiniz? Bugünlerde müteahhitler de hep beni buluyor..."

"Şeyy..."

"Bir müteahhit var. Buralara site

mi ne yapacakmış. Birini yollamış bana. Arsamı ona satacakmışım..."

"Şeyy..."

"Dedim ki ona, dünyayı verseler, dedim..."

"Şeyy... Dünyayı veremez tabii... Heh heh... Yani, çok para verse... İyi bir fiyat?"

"Bir dakika... Neydi senin adın demiştin?"

"Fev... Yok yok... Feyzullah benim adım... Feyzullah! Fevzi diil, valla diiil!"

"Fevziiii! Evet evet o Abbas denen adam Fevzi Bey demişti. Demek sensin o arsamı ele geçirmek isteyen müteahhit. Soysuuz!"

Fevzi Bey yerinden kalkıp da kendini kapıya atana kadar Neriman Hanım tavayı üçüncü kez onun kafasına indirmeyi başarmıştı. Fevzi Bey yerlere saçılmış çiçeklerinin üstünden tavşan gibi sekerek kaçıp gitti.

Neriman Hanım tavasını güzelce yıkayıp üç köfte kızarttı ve afiyetle yedi...

# Altı

Deniz uyandığı halde yataktan çıkmak istemedi. Yatak sıcacıktı. Ama aslında yataktan hemen çıkmak istememesinin tek nedeni yatağın sıcaklığı değildi. Akşamdan kalan mutsuzluğu nedeniyle yeni bir güne başlayacak enerjiyi kendinde bulamıyordu. Önceki gün olanları tek tek aklından geçirmeye başladı. Attila'nın takımı belirlerken onun adını unutmasını... Lütfü'nün ona 'fasulyeden' demesini... Antrenmana katılmasını... O muhteşem gol pozisyonunu... Ve o muhteşem gol pozisyonunu topu taca atarak kaçırmasını...

Deniz içinin sıkıldığını hissetti. Daha doğrusu zaten dünden beri sıkılıp durduğunu ama uykuya daldığında bu sıkıntısını birazcık unuttuğunu, şimdi uyanınca kâbusun yeniden başladığını hissetti.

"Bi topa vurmayı beceremedim," dedi. "Bi top işte. Bildiğin top. İşte şurdaki gibi..."

Deniz, uykulu halinden henüz sıyrılamadığı için mi, yoksa beyninin bir yanı mutsuzluktan çalışmayı reddettiği için mi bilinmez, giysi dolabının dibinde duran gökkuşağı renklerindeki futbol topunu görüyor ama gördüğü şeyin aslında görmemesi gereken bir şey olduğunu beyni ona söylemiyordu.

Bir süre daha öylece boş boş bakmayı sürdürdü. Bir iki saniye kadar sonra, kış günlerinde camda biriken buğunun durup durup da birden küçücük bir dere olarak akıvermesi gibi, beyninde oluşan bir soru bilincine akıverdi. Yerinden sıçradı.

"Bu ne?"

Yatakta oturur halde gözlerini topa dikti.

"Bu ne?"

Şimdiye kadar böyle güzel bir futbol topunu hayatında görmemişti. Yorganı üstünden atıp koştu ve eğilerek topu aldı. Gözleri ışıl ışıl yanıyordu sevinçten.

"Babam... Babam top almış bana!"

Daha önce babasından top istemişti ama, annesi "İlerde alırız, baban işe girsin de..." dediği için üstelememişti. Demek ki şu sözünü ettiği iş olmuştu ve işte top alınmıştı.

"Ne kadar da güzel!" diye fısıldadı. Topu elinde çevirdi. Pırıl pırıl bir yüzeyi vardı. Kaldırıp pencereye doğru tuttu. Sanki sabah güneşi içinden süzülüyormuşçasına renkler gözlerine doğru aktı. Eliyle birkaç kez yerde sektirdi. Hayır hayır! Daha fazla dayanamayacak, bu topla bahçede biraz oynamak için kahvaltı etmeyi bekleyemeyecekti. Topu yatağın üstüne bırakıp akşam yere attığı eşofmanlarını giydi. Sonra topu aldı. Topa eli değer değmez, elektrik çarpmasını andırır bir ürperti bütün bedenini dolaştı. Aldırış etmedi. Koşarak odasından çıktı.

Annesi yoktu. Herhalde komşuya gitmiş olmalıydı. "Babam da herhalde çoktan yeni işine gitmiştir," dedi içinden. Günlerden pazar da olsa babası işe gidiyordu.

Bahçeye çıktı. Sabah serinliği vardı. Eşofman üstünün fermuarını boğazına kadar çekti. Topu kolunun altına alıp iki elini de ceplerine soktu. Sol cebinde bir şey vardı. Çıkardı. Parktaki ağaçtan düşen palamuttu. Bir süre inceleyip yeniden cebine koydu ve bahçenin ortasına yürüdü.

"Çalışırsam olurmuş..." dedi babasının akşamki sözlerini anımsayarak. "Çalışırsam topa yamuk vurmamayı öğrenebilirim. İşte topum da var artık."

Bahçeye bir göz attı. Dikdörtgen bir alandı. Soldaki kısa kenarı kendine hedef belirledi. Sağdaki kısa kenara doğru yürüdü. "Çok basit," dedi. "Çalışacağım. Nasıl çalışacağım? İşte şu bahçe duvarı... Diyelim ki bu duvar kale olsun... Kendimi zorlamama hiç gerek yok. Topu şu karşı duvara atmaya çalışacağım... Hepsi bu..."

Bahçenin ortasına doğru yürüdü.

Dönüp topu yere koydu. "Tamam, burası iyi," dedi. Duvar tam karşısında, top tam önündeydi. Yani topa dimdik vurursa top tam karşıdaki duvara giderdi. Gerildi. İçinden gülmek geldi. "Birisi görse..." diye düşündü. "Birisi beni bu halde, koskoca duvara topu atmaya çalışırken görse alay eder herhalde... Yani koca duvar... İnsan gözü kapalı vursa bile top duvara gider..."

Gerildi. "Olsun," dedi içinden. "Kim ne derse desin. Benim ayağım yamuk işte ve topa doğru vurmayı şu yamuk ayağıma öğretmek zorundayım. Bunu da ancak çok çalışarak yapabilirim..." Bir adım daha gerildi. Bir daha güldü. "Bence..." diye kendisiyle alay etti. "Bence top tam karşıdaki duvara gitmek yerine şu tam yanımdaki sokak kapısından çıkıp gidecek..."

Topa vurdu.

Top sokak kapısından dışarı yuvarlandı.

# Yedi

Hüseyin Dede şapkasını girişteki askıya asıp elindeki ekmek ve gazete torbasını mutfak masasının üzerine bıraktı ve yatak odasının kapısını açtı. Açar açmaz da "Viiiyk!" diye bir sesle küçücük bir şempanze boynuna atladı.

"Dur dur, rahat dur bakayım yaramaz! Sıkıldın tabii içerde değil mi? Ne yapayım, seni de bakkala götürsem herkes peşimize düşüyor. Çocuklar bir şey değil de köpeklerden seni korumak zor. Gel muz vereyim sana..."

Hüseyin Dede maymunu Zıpır ile birlikte yaşıyordu. Birkaç ay önce ölen yakın bir arkadaşından ona kalmış olan bir hatıraydı. Önceleri, çok hareketli olan bu hayvana bakmak ona zor gelmişti ama yıllardır yalnız başına yaşadığı evinde onu neşelendiren eğlenceli bir dosta sahip olmanın hiç de fena olmadığını düşünüyordu artık. Zıpır eğlenceli bir hayvandı. Hüseyin Dede bazen kendi kendine geçmiş günleri düşünüp kederlendiğinde Zıpır öyle komiklikler yapıyordu ki, yaşlı adam kendini kahkahalarla gülerken buluyordu bir anda. Ancak bu dostluğun pek kolay olduğu söylenemezdi. Marangozluktan emekli olan Hüseyin Dede aldığı emekli maaşıyla zar zor geçinmeye çalışıyordu. Neyse ki kira vermiyor, yıllar önce kendi yaptığı ahşap evinde yaşıyordu. Eh böyle zar zor geçinirken her gün muz alamıyordu Zıpır'a tabii. "Ben şu koskoca hayatım boyunca toplasan senin bir ayda yediğin muz kadar muz yememişimdir, seni edepsiz seni!" diye çıkışıyordu arada bir. Zıpır öyle zamanlarda şımarık şımarık taklalar atarak karşılık veriyordu ona.

Zıpır'ı saymazsak Hüseyin Dede yalnız yaşıyordu. Uzun yıllar önce kaybettiği eşinden sonra bir daha evlenmeyi istememişti.

Buzdolabından peynir ve zeytin tabağını çıkardı. Sabah bakkala gitmeden önce demlediği çayın altını yeniden yaktı. Masaya bıraktığı torbadan ekmeği çıkarıp birkaç dilim kesti. Sonra da gazetesini masaya yayıp okumaya başladı. En sevdiği şeylerden biri de buydu işte; gazete keyfi yapmak. İlk sayfayı baştan aşağı okumuştu ki, çaydanlığın fokurtusunu duyup kalktı. Çayını koydu ve sofraya oturdu. Ekmek diliminin üstüne yumuşak peynirden sürdü ve bir kıyısından ısırdı.

Yarım saat sonra hem kahvaltısı bitmiş hem de gazetenin her sayfasını okumuştu. Gerinerek başını kaldırdı. Çevresine baktı. Mutfak taburesinin tepesine tünemiş dimdik bakan Zıpır'ı gördü. Bir süre bakıştılar. Zıpır'ın bakışları ona her zaman tuhaf gelmişti. Adı gibi zıpır olan bu haşarı hayvan öyle anlar olurdu ki, bir kıyıda sessizce oturur, ona öylece dimdik bakardı. "Bir şey mi demek istiyor acaba?" derdi Hüseyin Dede öyle zamanlarda. "Gözleriyle bir şey anlatmak istiyor bana, eminim."

"Ne var?" diye bağırdı ona. Zıpır bu ani bağırıştan ürktü. "Viyyk!" diye bir ses çıkardı. Hüseyin Dede onun ürkmesine kahkahalarla güldü. Zıpır bozulmuştu. Tabureden yere atlayıp Hüseyin Dede'ye doğru yürüdü. Kucağına hopladı ve başını Hüseyin Dede'nin çenesinin altına soktu. Hüseyin Dede onu şefkatle kucakladı. "Ne oldu sana?" dedi alçak bir sesle. "Hüzünlendin mi yoksa? Dur bakayım, yoksa kendini yalnız mı hissettin ha? Üzülme canım, ben burdayım işte. Yalnız değilsin ki... Hiç yalnız olur musun? Ben varım işte. Hiç evde birisi varken kendini yalnız hissetmek olur muymuş?"

Hüseyin Dede Zıpır'a sarılırken boğazından yukarı doğru bir yumrunun yükseldiğini hissetti. "Zavallı," dedi. "Zavallı, kim bilir hangi ülkenin ormanlarının birinden yakalayıp getirdiler yavrucağı... Annesi babası vardı herhalde... Kardeşleri de... Belki de bir eşi filan... Yok yok... Çok küçüktü geldiğinde. Eşi yoktur ama annesi babası vardır mutlaka... Kim bilir yavrularını nasıl da merak etmişlerdir onlar da..."

Zıpır'dan "Viyk!" diye bir ses daha çıktı. Sonra derin derin içini çekip sağ ayağıyla ensesini kaşıdı. Hüseyin Dede eliyle onun başını okşadı. "İkimiz de yalnızız, değil mi?" dedi. Zıpır "Viyk!" dedi.

Hüseyin Dede kucağında Zıpır'la yerinden kalktı. Pencereye doğru yürüdü. Güneş evi çevreleyen ağaçların yaprakları arasından süzülerek bahçenin sabah çiyi ile ıslanmış çimleri üzerinde parıldıyordu.

Hüseyin Dede, bu sabahki ruh halinin her sabahkinden farklı oluşuna bir anlam veremiyordu aslında. Yıllardır yalnızdı. O halde bu sabah nesi vardı böyle?

"Amaaan, boş ver... Geçer birazdan..." diyerek kapıyı açtı, bahçeye çıktı. Güneşin ilk ışıklarıyla uyanan aslanağzı ve begonyalar başlarını doğrultmuş uykularında gördükleri rüyalarını birbirlerine anlatmaya hazırlanıyorlardı. Hüseyin Dede çiçekleri görünce sabahleyin bakkaldan dönerken Neriman Hanım'ın kapısının önünde gördüğü, elinde bir buket çiçek olan adamı hatırladı. Hatırlar hatırlamaz da neden içinin sıkılıp durduğunu anlamış oldu. İşte buydu; kendisi gibi yalnız yaşayan ve uzaktan uzağa hoşlandığı Neriman Hanım'ın kapısında eli çiçekli bir talibin bulunmasıydı onun canını sıkan.

Kıpırdanmaya başlayan Zıpır'ı yere bıraktı. Zıpır bir sıçrayışta bahçenin ortasındaki ağacın alt dalına çıktı. Sonra da aynı hızla ağacın tepesine kadar tırmanıverdi. Hep yaptığı şeydi bu. Hüseyin Dede de aldırış etmiyordu buna. Çünkü güvenliydi. Koşup caddeye çıkmasından ve komşu evlerin bahçesine girip kaybolmasından iyiydi.

"Seni edepsiz seni!" dedi arkasından. Zıpır "Viyyyk!" diye bağırdı aşağı doğru.

Hüseyin Dede içeri girip kahvaltı masasındakileri topladı. Bulaşıkları yıkayıp kaldırdı. Gazetesini katladı, öteki okunmuş gazetelerin üstüne güzelce yerleştirdi. Sonra yeniden bahçeye çıktı. Zıpır hâlâ ağacın tepesindeydi. "Gel artık aşağı!" diye seslendi. Zıpır "Bana ne! Gelmiycem işte!" dercesine omuzlarını silkti. Bunun üzerine Hüseyin Dede onunla ilgilenmekten vazgeçip duvar dibindeki salaş hasır koltuğa oturdu. Bahçedeki çiçekler göz hizasına gelince yine Neriman Hanım'ın kapısındaki adam geldi aklına. Kimdi acaba? Gençti. Acaba Neriman Hanım'da ne buluyordu? Tamam, Neriman Hanım hoş bir hanımdı. Hele hele daha gençken... "Aaah! Ah!" diye içini çekti. Hoştu hoş olmasına ama sonuçta kapıda gördüğü adam daha yaşına uygun birisini bulamaz mıydı kendine? Yani kız mı kalmamıştı bu dünyada da gelip bula bula Neriman'ın peşine düşmüştü soysuz! Eh, belli ki Neriman böyle genç bir adamı reddetmeyecektir, diye düşündü. "Suç bende!" dedi sonra. "Ah benim kalın kafam! Çiçek mi yok bahçede. Yap bir demet, git işte kapısına... De ki 'Ey Neriman Hanımcığım, sen de yalnızsın, ben de... Bu hayat geçmez ki böyle...' Ama diyemedim işte... Nerde bende o cesaret? Ya beni yaşlı bulursa, diye diye maçı kaybettim işte."

Hüseyin Dede derin bir ah çekip yüksek sesle söylendi: "Bence bu maç benim için tümüyle sona erdi..."

# Sekiz

"Bence bu maç benim için tümüyle sona erdi..." dedi Deniz, duvara doğru vurduğu topun karşıya değil de yana doğru yuvarlanıp kapıdan çıktığını görünce. "Belli ki ben topa vurmayı öğrenemeyeceğim. İşte yine aynı şey oldu; ben karşıya vuruyorum, top yana gidiyor. Bu kadarı da olmaz yani! Kim alır böyle birini takıma?"

Bahçeden çıkıp yolun karşısına yuvarlanmış olan topu aldı ve odasına döndü. Yatağına oturdu. Kucağındaki topa sarıldı. “Ne güzel bir topsun sen!” dedi. “Ama ben berbat bir futbolcuyum! Daha topa bile vuramıyorum.”

Annesinin sesini duydu: “Deniiiiz! Haydi gel...”

Kahvaltıya çağırıyordu. Deniz top kucağında odasından çıktı. Annesi topu görünce “Vaaay!” dedi. “Nerden çıktı o?”

“Babam aldı!” dedi Deniz. “Yani şey... Babam almış... Uyanınca odamda buldum.”

“Sürpriz yapmış sana demek ki,” dedi annesi. “Benim bile haberim yok. Güzel topmuş. Neyse otur haydi, yumurta yaptım sana.”

Deniz ekmeğinden küçük bir lokma koparıp önündeki sahanda bir göz gibi duran yumurtanın sarısının içine daldırdı. Yumurtanın yarı pişmiş sarısı patlayıp çevresini saran beyaz bölgeye doğru yayıldı. Deniz daha ilk lokmayı yutmadan ötekini aynı sarı ve lezzetli gölcüğün içinde gezdirip onu da ağzına attı. Az sonra sahanın dibini sıyırıyordu ki, dışardan çağırıldığını duydu. Pencereye koştu. Bulut gelmiş onu çağırıyordu. Yanında İlhan ve Toprak vardı.

"Gelsene!" dediler. Deniz kapıyı açıp bahçeye çıktı. "Ne var?" dedi.

"Gelsene," dedi Bulut, "Maymuna gidiyoruz!"

"Maymuna mı?"

"Evet, Hüseyin Dede var ya, onun

maymununu görmeye..."

Deniz hemen ayakkabılarını giyip çıktı. "Geç kalma sakın!" dedi annesi arkasından.

"N'aber golcü?" dedi Toprak. Gülmeye başladılar.

"Dalga geçmeyin be!" dedi Deniz.

"Tamam tamam, şaka yaptık," dedi Bulut. "Maymunu gördün mü sen?"

"Yakından görmedim," dedi Deniz. "Bir kere Hüseyin Dede'nin kucağındaydı. Uzaktan gördüm öylesine."

"Öyle komik ki!" dedi Toprak.

"Bence de çok komik!" dedi İlhan. İlhan ve Toprak kardeşti. İlhan genellikle ağabeyi Toprak ne derse onu onaylardı.

"Babam top almış!" dedi Deniz birdenbire. Söyler söylemez de, topunu yanına almadığına hayıflandı.

"Aa?" dedi Bulut. "Nasıl?"

"Güzel... Çok güzel..."

"Gerçek mi?"

"Ne gerçek mi? Yalan mı söylüyoruz? Gerçekten aldı..."

"Akıllım onu demiyoruz! Almış, anladık. Top gerçek mi diyorum? Gerçek futbol topu mu?"

Deniz güldü. "Tabii ki gerçek," dedi. "Hem de öyle bi gerçek ki... Renkli... Gökkuşağı gibi renk renk..."

"Haa... Oyuncak top..." dedi Toprak.

"Oyuncaktır..." dedi İlhan hemen.

"Ne oyuncağı be! Gerçek futbol topu diyorum size!" Deniz, topunu yanında getirmediğine pişman olmuştu. "Getiririm, görürsünüz siz de..." dedi.

"Tamam tamam. Gerçek futbol topu diyorsan öyledir. Öyleyse getirsene antrenmana... Yırtık topla oynayıp duruyoruz..."

"Olabilir," dedi Deniz. Ama içinden "Ben antrenmanda olacak mıyım ki?" diye geçiriyordu. "Ben oynamayacağım ama topum oynayacak..."

Sonra da babasının anlattıklarını anımsayıp "Belki topumla oynattığım için onlar da beni oynatır..." diye düşündü. Ama bu fikir hiç hoşuna gitmedi. "Beni oynatacaklarsa topum nedeniyle değil, ben iyi oynadığım için oynatmalılar," dedi, yine içinden.

"Şşşşt!"

Bulut'un sesiydi. Deniz düşüncelerinden sıyrıldı. Hüseyin Dede'nin bahçe duvarının dibine ulaşmışlardı. Bulut ciddi bir ifadeyle eğildi ve onlara da eğilmelerini işaret etti. Duvarın dibine oturdular.

"Bizi görmemeli!" dedi Bulut. "Çok sinirliymiş!"

"Çok mu sinirliymiş?" diye sordu İlhan.

"Evet," dedi Bulut. "Korkunç biriymiş!"

"Yaaa..." İlhan korkmuştu. "Gidelim burdan!" dedi. Gözlerini iri iri açmıştı.

Bulut onun korkuyor olmasından zevk alıyor gibiydi:

"Bi keresinde ağabeyimlerin topu kaçmış bahçeye... Çiçekler ezilmiş. 'Keserim!' diye bağırmış. Çok korkmuşlar ağabeyimler! 'Topumuzu kesme!' demişler. Hüseyin Dede gözlerinden ateş saçarak, 'Sizi de keserim!' demiş, yaa!"

Toprak korkudan titriyordu. İlhan da öyle.

"Keserim mi demiş?"

"Evet. Keserim demiş. Elinde de kanlı bi bıçak varmış!"

"Anneciğim! Gidelim burdan!"

"Hah hah haa! Kandırdım işte. Şapşallar!"

"Kesmemiş tabii! Kolay mı öyle

önüne geleni kesmek oğlum! Ama çok huysuz biriymiş, onu söyleyeyim bak..."

"Heey!"

Deniz onlara ağacın tepesini gösterdi. En üst dalların birinde bir maymun onlara bakıyordu.

"İşte orda!"

Hepsi başlarını ağacın tepesine çevirdiler. Maymun gözlerini dikmiş onlara bakıyordu.

"Şuna bak, çok komik!" dedi İlhan.

"Evet çok komik!" dedi Toprak.

Maymun bir süre hareketsiz durduktan sonra dişlerini çıkarıp sırıttı.

"Ne biçim ağzı var, kocaman..."

"Gülüyo bize..."

Farkına varmadan ayağa kalkmışlardı. Bulut birden eğildi ve fısıldadı:

"Eğilin!" Eğildiler.

"N'oldu?"

"Orda. Koltukta oturuyor!"

Başlarını yavaş yavaş kaldırarak bahçeye baktılar. Evin kapısının hemen yanındaki hasır koltukta Hüseyin Dede'yi gördüler. Kendi kendine bir şeyler mırıldanıyordu.

"Kendi kendine konuşuyor!"

"Deli herhalde..."

"Olabilir..."

Onlar öyle gözlerini dikmiş bakarken Hüseyin Dede birden doğruldu. Bahçenin ortasına doğru yürümeye başladı.

"Eyvah geliyor!"

"Kaçalım!"

Koşmaya başladılar. Arkalarından Hüseyin Dede'nin sesini duydular: "Çabuk gelin buraya!"

Toprak'la İlhan avaz avaz bağırıyorlardı kaçarken: "Anneee! Kesecek bizi!"

# Dokuz

Fevzi Bey başında patlayan tavanın oluşturduğu üç tane yumruyla bürosuna girdi. Onu yardımcısı Abbas karşıladı.

"Hoş geldiniz beyim!"

"Hoş bulduk... Hoş bulduk... Tamam, geldik işte... Ne var ki bunda?"

Abbas patronunun biraz gergin olduğunu hemen fark ederdi.

"Gerginsiniz efendim?.."

"Gergin mergin değilim, tamam mı? Kahve getir bana, çabuk ol!"

"Başüstüne efendim... Tabii, araziyi ele geçirmişsiniz belli ki. Eh, yorulmuşsunuzdur, kahve iyi gelir size..."

"Dır dır etme, kahveyi getir artık."

"Hay hay, efendim..."

Abbas az sonra küçük bir tepsiyle Fevzi Bey'in kahvesini getirdi.

"Buyurun efendim, kahveniz..."

Fevzi Bey tepsinin içinden kahvesini aldı. "Abbaaaas..." dedi.

"Efendim?" dedi Abbas.

"Abbas, söyle bana, ben adamı n'aparım?"

"Yine n'aptım efendim?"

"Sen bişey yapmadın evladım... Söyle, n'aparım ben adamı?"

"Fena yaparsınız efendim..."

"Nasıl fena? Ayrıntı ver, ayrıntı!"

"Çok fena, efendim! Çok fena yaparsınız!"

"Hah... Aynen öyle işte..."

Uzunca bir sessizlik oldu. Abbas sözün gerisini merakla bekliyordu. Fevzi Bey sorunu çözmüş gibi görünmüyordu. Özellikle de kafasının şekli biraz değişmiş gibiydi.

"Fena yaparsınız efendim," diye bir daha yineledi. Sonra da çekinerek ekledi:

"Fena olmuş efendim... Kafanız..."

Fevzi Bey sinirlendi. "Ne alakası var? Dolabın kapağına çarptım işte akşam, hepsi bu..."

"Aman efendim, geçmiş olsun. Dolap iyi mi? Şey... Pardon efendim... Kafanız yani, kafanız iyi mi diycektim..."

"İyi iyi... Yalnız o cadı ruhlu kadın tatlı sözden anlamayacak sanırım," dedi Fevzi Bey bezgin bir sesle. "Aslında iyi bir başlangıç yapmıştım ama... Hem de ev tarhanası ziyafetiyle... Sonra da köfte..."

"O tavayla mı efendim?"

"Ne o tavayla mı?"

"Şey efendim... Köfteyi diyorum... O tavayla mı yapacaktı?"

"Evet, o tavayla tabii," dedi Fevzi Bey.

Abbas sırıtarak "Yani tanıyorsunuz o tavayı demek..." dedi. "Anlamıştım efendim!.. Heh heh..."

Fevzi Bey köpürdü öfkesinden: "Suuuus! Ne tavası? Öylesine söyledim ben. Köfteyi tavada yapmayıp nerde yapacak yani? Tahminen söyledim. Tava mava görmedim ben..."

Abbas ürkerek geriye doğru bir adım attı. "Tabii efendim," dedi. "Tava filan görmediniz siz, tabii."

"Evet, görmedim işte... Ama gelirken vergi dairesine uğradım."

Abbas şaşırdı. "Vergi dairesine mi? Neden efendim?"

"Hımmm," dedi Fevzi Bey sırıtarak. "Ne dedim ben az önce?"

"Köfteyi, dediniz... Tavada yapmayıp nerede yapacak dediniz..."

"Hayır hayır, ondan önce..."

"Tavadan söz ettiniz..."

"Ne tavası yahu?"

"Neriman Hanım'ın tavası efendim... Hani kafanıza vurduğu... Pardon efendim... Vurmayı aklından geçirip de tabii ki buna cüret edemediği... O kim ki sizin kafanıza vuracak efendim, hem de tavayla?.. Cık cık cık..."

"Yeteeer!.. Dedim ki, ben adamı fena yaparım dedim. Hoş, Neriman Hanım adam sayılmaz tabii, ama olsun; ben fena yaparım diyorsam, fena yaparım. Neymiş?"

"Fena efendim... Fena yaparsınız..."

"Hah şöyle. Al şu fincanı, hemen bir kahve daha getir bana..."

"Hay hay efendim... Şey... Fena yaptınız mı efendim?"

"Kimi?"

"Neriman Hanım'ı efendim... Arsayı satacak mı size?"

"Er geç satacak, merak etme," dedi Fevzi Bey sol elinin küçük parmağını kulağının içinde döndürerek. "Şimdilik satmanın kendisi için en doğru karar olduğunu bilmiyor tabii ama birazdan ona bir ziyaret daha yapacağız ve ister istemez bunu öğrenecek..."

"Öğrenecek efendim..."

"Öğrenecek, kuşkusuz... Ama tabii benim öğrendiklerimi duyduğunda şakkadanak olduğu yere yığılıp kalmazsa..."

# On

"Anaaaa, ne güzel top!" Attila topu görür görmez çarpılmıştı. Ayağında sektirmeye başladı. Günlerdir antrenman yaptıkları yırtık toptan sonra bu topa vurmanın zevki gibisi yoktu.

"Heey! Büyük antrenmanı bu topla yapalım!"

Bugün büyük antrenman vardı. Büyük antrenmanı sıradan antrenmandan ayıran şey, büyüğünde herkesin mutlaka takımda yer almak zorunda olmasıydı. Öyle "ödevim var", "annem izin vermedi", "evde misafir var", "kakam geldi" türünden mazeretler büyük antrenmanlarda geçerli değildi. Hatta hastalanmak bile yasaktı.

Deniz kömürlükteki toplantıya yeni topuyla gelmişti ama yol boyunca aklını kurcalayan bir düşünceden hâlâ kendini kurtaramamıştı. Attila'nın, topu görür görmez ona doğru koşmasıyla, yeni başlamış olan toplantının havası dağılmıştı. Herkes Attila'nın ayağında sektirdiği topa dokunmak için birbirini itiyordu.

"Vaaay! Oyuncu fasulyeden ama top fasulyeden değilmiş!.."

Lütfü'ydü bu. Ötekiler Deniz'e dönüp güldüler. Deniz "Sensin fasulye!"

dedi suratını asarak. İşte buydu kafasını kurcalayan şey. Herkes onu takımdan biri olarak değil, fasulyeden bir oyuncu olarak görüyordu. Hatta oyuncu olarak bile görmüyordu. O saha kenarında bir top toplayıcıydı! Hepsi bu!

Herkesin bakışlarının odaklandığı topuna çevirdi gözlerini. Müthiş bir toptu bu! "O fasulyeden değil!" dedi içinden. "Ben takıma layık bir futbolcu değilim ama o tüm takımın hayran olduğu bir futbol topu..."

Sıkıntısı buydu işte. Hele hele dünkü fiyaskosundan sonra onu bugünkü antrenmana almayacaklarını biliyordu. O hem en küçükleriydi hem de oynayamıyordu işte! Topa vurmayı bile bilmiyordu. Aklına yine dünkü rezalet geldi... Ne kötüydü! Hem de Miray'ın gözleri önünde. Antrenmanın bitişinde sahadan ayrılırken artık takımın onun yüzüne bile bakmayacağını düşünüyordu. Oysa şimdi? Şimdi hepsi onunla ilgileniyordu... "Baban mı aldı?", "Nerden almış?", "Kaça almış?", "Ne zaman almış?"

Deniz bütün bu soruları tek tek yanıtlamaya çalışırken onu hiç mutlu etmeyen bir gerçeğin farkına vardı: Onunla ilgilenmiyorlardı! İlgilendikleri toptu!

Attila'nın sesiyle düşüncelerinden sıyrıldı:

"Haydi, başlıyoruz!"

Yerlerini aldılar. Attila topu Deniz'e yuvarladı. "Teşekkür ederiz," dedi. "Bugünkü antrenmanı böyle güzel bir topla yapacağımız için çok mutluyum... Arkadaşlar, biliyorsunuz yakında Kuruyaylalılarla büyük maçımızı yapacağız. Ve yine biliyorsunuz, Kuruyaylalılar öyle kolay bir takım değil. İki yıldır tek gol yemediler..."

"Bir gol yediler..." dedi Ahmet.

"Evet ama, uzatmada penaltı vuruşuyla... Bence o sayılmaz. Attila haklı..." dedi Kubilay.

Attila öksürdü:

"Evet... Güçlüler, kabul edelim. Onları yenmek biraz zor ama hiç değilse beraberlik arayışı içinde olabiliriz."

Gürol sözünü kesti. "Benceeee..." dedi. Gürol grubun filozofu sayılırdı. Her soruna uzun uzun düşünüp kafa yorar, sonra da bulduğu çözümleri uzun cümlelerle anlatırdı. "Bence, rakibimizin güçlü yönleriyle kendi güçlü yönlerimizi iyi değerlendirmeliyiz. Ancak, bunu yaparken rakibimizin zayıf yönlerini ve bizim zayıf yönlerimizi de karşılaştırmayı unutmamalıyız."

"Haklı," dedi Kubilay. "İyi bir denklem kurmalı ve onların güçleriyle kendi güçlerimizi en azından eşitlemeliyiz."

Lütfü burnundan çıkardığı parmağını pantolonuna sürdükten sonra "Ben anlamadım," dedi. "Matematik problemi çözer gibi mi yani?"

"Biraz öyle tabii," dedi Kubilay. "Diyelim onların çok güçlü bir santraforu var... Eğer biz onun karşısına çabucak soluğu kesilen bir santrafor koyarsak olmaz..."

"Ne yani, benim soluğum mu çabucak kesiliyormuş?" Bulut sinirlenmişti.

"Hayır hayır," dedi Kubilay. "Örnek olarak vermiştim. Ayıpsın Bulutçuğum, senden iyi santrafor hangi takımda var?.."

"Tamam, kesin!" dedi Attila. "Nedir o halde bizim ve onların zayıf ya da güçlü yönleri? Konuya gelelim..."

"Bence de konuya gelelim," dedi

Toprak,

"Konuya gelelim," dedi İlhan.

Cem kısık bir sesle konuştu. Dünden beri sesi kısılmıştı. "Uzun top sürmelerde bizden iyiler..." dedi. "Dün Mert'le konuştuk aynı şeyi. Topu kaptılar mı durdurmak zor oluyor..."

Mert ekledi:

"Çok doğru, bireysel takılıyorlar. Bizim kadar çok paslaşmıyorlar..."

"Hımmm..." dedi Gürol. "Bu güçlü yanları mı, yoksa zayıf yanları mı?"

Kısa süren sessizliği Cem'in kısık sesi bozdu:

"İkisi de..." dedi. "Bireysel oynamaları hem zayıflık hem değil..."

"Tam ben de bunu söyleyecektim,"

dedi Gürol. "Örneğin bireysel oynamaları tempolarını yavaşlatan bir şey... Yani topu alan kaleye kendisi koşmaya programlıysa, bu pas vererek gitmekten daha yavaşlatıcı bir şey... Anlıyor musunuz? Pas atarak daha hızlı gidebilecekleri yerde, kendileri gitmeye kalkarak zaman kaybediyorlar..."

Hepsi başlarını salladılar. Lütfü öylece bakıyordu. Gürol bu kez Lütfü'ye dönerek sürdürdü:

"Şimdi... Bunlar pas vermeyi sevmiyorlar. Bu onların gücü mü? Bilmiyoruz ama bildiğimiz bir şey var: Topu bir kez aldılar mı, bırakmıyorlar. Yani biz onlardan alamıyoruz. Bu bizim zayıflığımız mı? Evet. Buraya kadar tamam mı?"

"Evet," dedi Lütfü. "Bu bizim zayıflığımız ama onların topu kaptırmamaları da onların güçlü oldukları yön, doğru mu?"

"Aynen öyle!" dedi Gürol. Kubilay heyecanla söze girdi:

"İşte benim denklem dediğim de bu. Şu anda onların güçlü oldukları yönün tam karşısında bizim güçsüz olduğumuz bir yön var. Demek ki neymiş, onların güçlü oldukları bu yönün tam karşısına bizim de güçlü olduğumuz bir yönümüzü koymamız gerekiyor ki denklem eşitlensin..."

Attila konuşulanlardan hoşnut kalmıştı ama geldikleri noktayı özetlemek istedi:

"Tamam, onların güçlü oldukları bu yön, yani topu kaptırmıyor oluşlarının karşısına ne koyacağız, onu söyleyin!"

Deniz bütün konuşmayı ilgiyle izlemiş ve Attila'nın sorduğu toparlayıcı sorunun asıl sorunları olduğunu anlamıştı. Ancak, bu soruyu sessizlikle karşılayan ötekiler gibi o da bu sorunun yanıtını bilmiyordu. Yapılan tartışma bir yandan onu heyecanlandırmış ama bir yandan da zaten önceki gün kırılmış olan cesaretini iyice kırmıştı. Ne kadar çok şey biliyor ve ne kadar güzel konuşuyorlardı! Oysa kendisi henüz topa vurmayı bile beceremiyordu. "Topa vurmayı bilmeyen yamuk ayaklı birinin burada ne işi var!" diye düşünerek ayağa kalktı ve kapıya doğru yürüdü.

"Hey, ne oldu?" dedi Attila.

"Gidiyorum," dedi Deniz.

"Eee?.. Topun?"

"Topum kalsın. Sonra alırım..."

"Sen oynamayacak mısın?"

Deniz duraksadı. İşte tam da babasının anlattığı şey oluyordu. Onu oyuna topun sahibi olduğu için alacaklardı. "Yok," dedi. "Antrenmanı topumla yapabilirsiniz... Benim ayağım..."

Sözünü tamamlamadı.

"Ayağın mı ağrıyor?" dedi Attila.

"Evet," dedi Deniz. "Evet evet, ayağım çok ağrıyor... Sonra görüşürüz!"

# On bir

Miray, içinde üç cilt kitap bulunan torbasını sallaya sallaya bayır yukarı koşarken futbol sahasının az ilersindeki kayısı ağacının altında başı önde yürümekte olan Deniz'i gördü.

"Heeey!"

Deniz başını kaldırıp da Miray'i görünce yüreği hopladı. İkisi de bir an öylece durdular. Kuru bir esinti futbol sahasının çimlerini tarayıp Miray'ın saçlarının arasından süzüldü, taa Deniz'in bulunduğu yerdeki kayısının yapraklarında soluklandı. Sonra da Deniz'in gözlerinden yanaklarına doğru yol almakta olan gözyaşı derelerini bir anda kurutuverdi. Miray gülümseyerek yaklaştı.

"Gelsene!" dedi.

Deniz bu sözcüğün ne kadar güzel bir sözcük olduğunu o anda fark etti.

"Gelsene..." diye yineledi Miray. "Hüseyin Dede'ye gidelim..."

"Hüseyin Dede mi?"

"Evet," dedi Miray. "Hüseyin Dede..."

"Maymunlu Hüseyin Dede mi? Olmaz!"

"Evet, maymunlu Hüseyin Dede. Zıpır..."

"Kim Zıpır? Hüseyin Dede mi?"

"Hayır, maymun. Adı Zıpır... Çok sevimli."

"Ben gelmem. Hüseyin Dede kötü bir adammış. Kesiyormuş!"

"Kesiyor muymuş? Neyi kesiyormuş?"

"Çocukları... Çocukları kesiyormuş..."

Söyledikleri bir an Deniz'e de saçma geldiği için açıklama yaptı.

"Bulut anlattı. Ağabeyi anlatmış ona da. Bir keresinde toplarını kaçırmışlar bahçeye. Onlara demiş ki, 'Topunuzu da keserim, sizi de keserim!' Öyle demiş işte. Onlar da kaçıp kurtulmuşlar..."

Miray iri gözleriyle uzun uzun baktı Deniz'e. Sonra da koca bir kahkaha patlattı.

"Hüseyin Dede mi kesecekmiş? Hah hah haaay! Hüseyin Dede ha?"

"Bulut'a sor istersen..."

Miray biraz daha güldükten sonra "Hayır, böyle bir şeyi kimseye soramam. Bulut palavralarını kendine saklasın. Sen şimdi benimle gel de seni Hüseyin Dede'yle tanıştırayım..."

Deniz, değil kesilme korkusuyla Hüseyin Dede'nin evine, Miray'la birlikte olduğu sürece, dünyanın öteki ucuna bile gitmeye razı olduğunu dile getirmeyi çok isterdi aslında ama utanırdı bunu itiraf etmeye. Sessizce onu izledi. Hüseyin Dede'nin duvarla çevrili bahçesine yaklaşırlarken içinin ürperdiğini Miray'dan gizleyebilmek için hoplayarak yürüyormuş gibi yaptı. Miray ona bakıp gülümsedi.

"Oooo!.. Miraycığım gelmiş... Hoş geldin prensesim... Nasılsın bakalım? Yalnız değilsin bugün..." diyerek karşıladı Hüseyin Dede onları.

"Kitapları getirdim Hüseyin Dede. Evet yalnız değilim. Deniz... Bizim mahalleden..."

"Hoş geldin Denizciğim, hoş geldin bakalım. Biliyor musunuz, tam da yeni limonata yapmıştım... Diyordum ki kendi kendime, yahu Hüseyin, bir türlü ayarını tutturamıyorsun, ne kadar çok yapmışsın limonatayı! Nasıl içeceksin hepsini? Yaa, böyle diyordum işte. Neyse ki, siz geldiniz de..."

Miray Deniz'e hasır koltuğu gösterdi. Deniz gidip oturdu.

"Viyyk!"

Zıpır koşup gelmişti. Miray kollarını açtı ama Zıpır birkaç metre uzakta kaldı.

"Hâlâ yabancılık çekiyor," dedi Hüseyin Dede. "Alışması için biraz daha zaman gerekiyor anlaşılan..."

Miray kollarını açarak Zıpır'a doğru ilerledi. "Aaa.. Zıpırcığım. Gel çabuk bana..." dedi. Zıpır bir süre başını yana yatırıp ona baktı. Sonra aniden sıçrayıp yandaki yüksek ağacın en tepedeki dallarına kadar tırmandı.

"İşte bu kadar!" diye bir kahkaha attı Hüseyin Dede. "Hep bunu yapıyor. Sonra da inmek bilmiyor. Kendi keyfi gelene kadar orada kalır artık. Geçen gün yine kaçıp oraya tırmandı. Saatlerce uğraştım, yalvardım yakardım, inmedi bir türlü. Sonra kızıp gittim, yattım. Baktım gece kendisi inmiş, pencereden içeri girmiş. Eee, nasılsın bakalım? Okudun mu kitapların hepsini..."

"Evet. Şey... Birini sonuna kadar okumadım. Sıkıcıydı..."

"Afferin! Sıkıcıysa bırakacaksın kızım. Doğrusunu yapmışsın. Kitaplığımdan kendin seçtin, ben karışmadım biliyorsun."

"Evet. Kapağındaki resim ilgimi çekmişti, ama okuyunca..."

"Evet. Bazen oluyor öyle. İstersen sen onları kitaplığa koyarken ben de size limonata koyayım..."

Miray, "Tamam," diyerek içeri yöneldi. Sonra durup sordu: "Kitaplığı Deniz'e de gösterebilir miyim Hüseyin Dede?"

"Tabii ki..." dedi Hüseyin Dede. "İsterse o da bir kitap ödünç alabilir."

Deniz Miray'ı izleyerek içeri girdi. Mutfak sol taraftaydı. Onlar sağa girdiler. Burası büyük bir salondu. Bütün duvarları kitaplıktı.

"Ne kadar çok kitap!" dedi Deniz.

"Evet. Bak, bu üç rafın tamamı çocuk kitapları..."

Torbasındaki kitapları çıkarıp rafa yerleştirdi. Sonra da önceden ayırdığı iki kitabı eline aldı.

"Sen de ister misin?"

"Kitap mı?"

"Tabii. Ödünç alabilirsin. Hüseyin Dede öyle dedi. Ama geri getireceksin, tamam mı!"

Tam o anda Hüseyin Dede'nin sesi duyuldu:

"Limonatalar!"

Miray hoplayarak dışarı koştu. Deniz de onu izledi. Hasır koltuğa ve iki tahta tabureye iliştiler. Zıpır hâlâ ağacın tepesindeydi.

Miray "Zıpıır! Limonata içer misin?" diye bağırdı.

"Eee, dersler nasıl?" dedi Hüseyin Dede.

"İyiii..." dedi Miray. Hüseyin Dede Deniz'e baktı.

"Senin nasıl?"

Deniz oturuşunu düzeltti. "Fena diiil..." dedi.

"Ne demek 'fena diiil'?"

"Yani ne çok iyi ne de çok kötü..." diye açıkladı Deniz.

"Anladım," dedi Hüseyin Dede. "Benim de öyleydi. Ama her dersim değil. Matematiğim çok iyiydi. Tarihten hoşlanmazdım. Sıra arkadaşım ise tam tersiydi... Öyle oluyor işte. Kimi bir konuda, kimi başka bir konuda güçlü, başarılı oluyor..."

"Çiçeklerin çok güzel," dedi Miray. "Şu taraftakileri sökmüşsün..."

"Ha evet," dedi Hüseyin Dede. "Geçen gün top geldi onlara. Yaprakları ezildi ben de birkaçının tepe yapraklarını kestim. Alttan yeni yaprakları gelmeye başladı bile."

Miray gidip eğildi. "Evet," dedi, "Taze yapraklar geliyor."

"Tabii gelecek," diye kahkaha attı Hüseyin Dede. "Onların işi bu, büyümek! Tek bir hedefleri var şu hayatta; büyümek. Onu da mı yapmasınlar yani? Keşke insanlar da öyle olsa..."

"Nasıl yani?" dedi Deniz. İlk kez

söze karışıyordu.

Hüseyin Dede limonatasından bir yudum aldı. "Yani," dedi. "İnsanlar da tıpkı çiçekler gibi tek bir hedefe odaklanabilseler, her istediklerine ulaşabilirler... Örneğin sen... Ne olmak istiyorsun?"

Deniz şaşırdı. "Şey... Bilmem... Karar vermedim..."

"Yani yapmak istediğin hiçbir şey yok mu? Ulaşmak istediğin? Başarmak istediğin?"

Deniz düşündü. Dünden beri yaşadığı sıkıntıdan başka düşünebildiği hiçbir şey yoktu ki... Yine de aklına geleni söylemeye çekindi. "Topa düzgün vurmak istiyorum" mu diyecekti yani şimdi. Hayır, bunu söyleyemezdi, hele Miray varken. Onun yerine "Hiiiç," dedi. İstediğim hiçbir şey yok..."

"Neyse işte," dedi Hüseyin Dede. "Bir gün olacaktır. İşte o zaman şunu aklından çıkarma: Neye ulaşmak istiyorsan, neyi başarmak istiyorsan ona odaklan, başaracağını düşün ve ona göre davran."

Deniz hiçbir şey anlamamıştı ama yine de gülümseyerek dinledi.

"Şapkandaki ne?"

Miray Hüseyin Dede'ye şapkasını gösteriyordu. Şapkanın tepeden bağlı kulaklıklarından birinin içinde bir kâğıt parçası görünüyordu. Hüseyin Dede şapkasını çıkarıp eline aldı ve kâğıdı gördü. "Haaa..." dedi. "Milli piyango bileti. Gazeteden çıktı geçen gün. Satışları arttırmak için ne hediye vereceklerini şaşırdılar artık. Ben de şapkama koydum, kaybetmemek için." Sonra da şapkasını yine kafasına geçirdi.

Miray "Gidelim artık," deyince kalktılar. Deniz burada olmaktan hoşlanmıştı. Limonatadan... Hüseyin Dede'nin konuşmalarından... Çocukları kesmediğini öğrenmekten... Salondaki büyük kitaplıktan... Ama en çok da buraya Miray'la gelmiş olmaktan...

Miray hâlâ ağacın tepesinde duran Zıpır'a el salladı. "Hoşça kal Zıpır!" dedi. Zıpır "Viyyk!" dedi.

# On iki

Hüseyin Dede gazetelerini ve ekmeğini almış, her sabah olduğu gibi evine doğru yürüyordu. Yine her zamanki gibi, futbol sahasının yakınlarından geçerken gözlerini çaktırmadan Neriman Hanım'ın evine çevirdi. Çevirir çevirmez de az kalsın olduğu yere yığılıverecekti.

Neriman Hanım'ın kapısının dibinde bu kez bir adam değil, iki adam vardı. Ve bu kez bir adamın değil, her iki adamın da elinde birer buket çiçek vardı. Her iki adam da çok iyi giyinmişlerdi ve her ikisi de kapının açılmasını beklerken mendilleriyle terlerini siliyorlardı.

"Breh breh breh!" dedi Hüseyin Dede sıkıntıyla. "Bu kez bir değil, iki adam talip Neriman'a... Yok yok, benim hiçbir şansım yok bence artık..."

Böyle diyerek başını çevirdi ve evine doğru adımlarını hızlandırdı.

Fevzi Bey Abbas'a başını salladı. Abbas zile bir daha dokundu. Bu kez öncekinden daha uzun çaldırdı.

"Sizi edepsiz çocuklar!" diye söylene söylene Neriman Hanım elinde tavayla kapıyı açtı. Fevzi Bey de, Abbas da hemen iki elleriyle başlarını koruyarak, "Biziz biziz!" diye bağırdılar. "Çocuklar değil, biziz, lütfen..."

Neriman Hanım daha önce ayrı ayrı gelmiş ve ikisi de tavanın tadını almış olan bu iki adama şaşkınlıkla baktı. "Ne istiyorsunuz!" dedi.

Her ikisi de hâlâ elleriyle başlarını korumaya çalışıyor, Neriman Hanım'ın elindeki tavaya ürkerek bakıyorlardı.

"Ne istiyorsunuz, dedim!" diye bir daha sordu Neriman Hanım sertçe.

"Şey... Neriman Hanım... Bir şey yok... Bir iyi niyet ziyareti bu..." dedi Fevzi Bey.

"Tabii tabii," diye onayladı Abbas. "İyi niyet şeysi..."

"Şey... Düşündük ki, belki o çorbadan... Şey... Tarhanadan... Kalmıştır belki dedik..."

"Tarhana... Evet..." dedi Abbas.

"Sizi üzdük biliyoruz. Belki bu çiçekleri alıp bizi bağışlarsınız. Özür dileriz Neriman Hanım. Verin şu elinizi öpeyim..."

Neriman Hanım'ın tavası sert olsa da, kendisi yumuşak kalpliydi.

"İçeri buyrun," dedi. "Çorbam var..."

Fevzi Bey Abbas'a göz kırptı. Başarmışlardı. Amaçları tavayı kafalarına yemeden içeri girmek ve Neriman Hanım'a söylemek istediklerini söyleyecek bir sohbet ortamını yaratabilmekti. İşte şimdi konuşabilirlerdi. Üstelik nefis bir çorba eşliğinde...

Neriman Hanım onları masaya yönlendirdi. Önlerine iki tabak ve iki kaşık koydu. Ocağın altını yaktı.

"Köfte de ister misiniz. Kızartabilirim hemen..."

"Yok yok..." dedi Fevzi Bey. "Köfte kalsın... İyisi mi o tavayı siz kaldırın ortadan artık. Köfte istemiyoruz nasıl olsa. Size gerekli olmayacak. Heh heh..."

Neriman Hanım tavasını elinde şöyle bir tarttı. "Olmaz," dedi. "Tava ortalıkta kalsın. Ne zaman gerekli olacağı belli olmaz bir tavanın..."

Fevzi Bey ve Abbas birbirlerine

baktılar. Gözlerinde korku vardı ama Fevzi Bey çabuk toparlandı: "Şey... Neriman Hanım... Diyeceğim şuydu ki..."

"Neydi? Bakın aynı şeyleri söylemeye geldiyseniz..."

"Yo yoooo..." dedi Fevzi Bey. "İndirin şu tavayı lütfen. Aynı şeyi söylemeye gelmedik..."

"Aynı şeyi söylemeye gelmedik," dedi Abbas.

"Ya niye geldiniz?"

"Bakın..." dedi Fevzi Bey. Öksürdü. Söyleyeceği cümleyi toparlamaya çalışıyordu. "Bakın... Komşu komşuya yardımcı olur değil mi?"

"Tabii," dedi Neriman Hanım.

"Ama arazisini elinden almaya kalkmaz..."

Fevzi Bey "Heh heh... Çok haklısınız," dedi. "Biz aslında size daire verecektik, ama neyse... O konuyu kapatalım artık... Ama komşuluk derken, demek istediğim, zor zamanlarda yanında olmak, yardım elini uzatmak... Değil mi efendim?"

"Tabii öyle ama sözü nereye getireceğinizi anlamadım. Zor zamanda olan kim? Kim kime yardım elini uzatacak? Anlamadım?"

"Eeee... Zor zamanda olan sizsiniz tabii Neriman Hanım. Malum geçim zor... Bir de üstüne vergi binince..."

"Vergi mi? Ne vergisi?"

"İşte bak Abbascığım... Demedim mi sana ben, Neriman Hanım vergi kaçıracak insan değildir diye? Yıllardır emlak vergisini ödemiyor oluşu yalnızca dalgınlıktandır demedim mi?"

"Tabii efendim, aynen öyle dediniz efendim..."

"Kuşkusuz öyle... Neriman Hanım asla kasıtlı olarak öyle bir şey yapmaz. Dalgınlığına gelmiştir. Yoksa bu kadar büyümezdi o rakam?"

"Emlak vergisi mi? Rakam mı? Büyümek mi?" Neriman Hanım bir yandan öfkesini dizginlemeye çalışırken, bir yandan da arsası ve evi için herhangi bir vergi verip vermediğini anımsamaya çalışıyordu. Hayır, vergi filan vermemişti. Vergi mi vermesi gerekiyordu ki? Bunu aklına bile getirmemişti? Neden kimse söylememişti ki bunu ona? Dul maaşıyla ay başını bile zor getirirken nasıl vergi ödeyebilirdi ki?

"Büyümüş," dedi Fevzi Bey yüzüne çok endişelenmiş gibi bir ifade takınarak.

Neriman Hanım kendini çok yorgun hissediyordu şimdi. Yine de oturmadı.

"Kaç para olmuş?" dedi.

Fevzi Bey bacak bacak üstüne attı. "Üç bin üç yüz otuz üç lira olmuş..." dedi.

"Üç bin üç yüz otuz üç lira mı?"

"Evet. Tam olarak bu kadar olmuş.

Tabii ödeme yapılmadığı sürece giderek büyüyecek bu rakam."

Neriman Hanım rakamı duyunca kanının çekildiğini hissetti.

"Benim için çok büyük bir para bu..."

"Haklısınız, Neriman Hanım. Biz dostunuz olarak bu bilgiyi vermek istemiştik size..."

"Ne yapabilirim? Ödeyemezsem bana ne yaparlar?"

"Hımm... Durum çok kötü tabii. Şunu yaparlar: Arsanıza haciz gelir. Yani, arsanızı yok pahasına satarlar, oradan vergiyi ödedikten sonra kalan parayı size verirler. Tabii bir sürü mahkeme masrafı gibi şeyleri de içinden aldıktan sonra size bir para kalırsa..."

Neriman Hanım perişandı. "Yaparlar mı?"

"Evet," dedi Fevzi Bey. "Gözünüzün yaşına bile bakmazlar..."

Abbas da onu onaylamak istedi. "Gözünüze kaşınıza bile bakmazlar..." dedi.

Fevzi Bey ona ters ters baktı. "'Gözünüze kaşınıza' değil, 'gözünüzün yaşına' olcaktı," dedi.

"Çözüm yok mu?" dedi Neriman Hanım. "Ben o parayı bulamam..."

"Aaaa... O nasıl söz?" dedi Fevzi Bey gülerek. "Komşular ne içindir?"

"Ne yani? Borç mu vereceksiniz bana? Hayır, olmaz, çünkü borcu da geri ödeyemem..."

"Borç mu? Hayır hayır," dedi Fevzi Bey. "Borca filan ihtiyacınız yok ki sizin. Satacaksınız şu arsanızı bize. Biz de verginizi sizin yerinize ödeyivereceğiz. İşte çözüldü sorun..."

Neriman Hanım gülümseyerek başını kaldırdı. "Çözüldü gerçekten..." dedi.

"Tabii..." dedi Fevzi Bey. Abbas da gülümseyerek başını salladı.

"Kolaymış," dedi Neriman Hanım. "Kutlayalım bunu... Köfteyle..." Tavayı kavradı.

"Hayır hayır!" dedi Fevzi Bey. "Köfteye gerek yok! Niye zahmet edeceksiniz ki canım?"

"Aaaa... Zahmeti mi olurmuş ayol! Sizin gibi yardımsever komşularımı ağırlamayacağım da kimi ağırlayacağım bu küçük fakat epeyce ağır olan tavamla... Sizi reziller sizi!"

"Ah kafam!"

"Demek arsamı almak için vergi borcumu ödeyeceksiniz ha! Demek beni köşeye sıkıştırdığınızı düşünüyorsunuz ha! Alın size köfte!"

Fevzi Bey ve Abbas, kapıdan çıkıp kaçmayı başarana kadar tavayı en az üçer kez kafalarına yediler. Neriman Hanım bir süre arkalarından baktı ve sonra içeri girip tavayı masanın üstüne attı.

Az sonra başını masaya koymuş

hıçkıra hıçkıra ağlıyordu. Bir süre ağladıktan sonra kalkıp çorbayı fokur fokur kaynatan ocağı kapattı ve gözlerini sildi.

"Aslında haklılar" dedi. "Satmaktan başka çarem yok. Nereden bulacağım ben o kadar parayı?"

# On üç

Deniz, topunu kolunun altına alıp bahçeye çıktı. Bir süre öylece durduktan sonra antrenmana gitmek üzere yürüdü. Önceki günkü antrenmandan çok hoşnuttu çocuklar. Daha sonra topu Acar eve getirmiş ve "Harika bir top bu," demişti. "Ben de babama aldıracağım. Sordun mu babana? Nereden almış?"

Hayır, sormamıştı. Çünkü babası o uyuduktan sonra gelmiş, sabah da o uyanmadan işe gitmişti.

"Bu akşam sorarım," demişti. Acar'ın elinden topunu aldığında daha önce hissettiği o elektrik çarpmasını yine hissetmişti. Bahçeden çıkmadan önce kendi başına biraz oynamak istedi. Topu birkaç kez yere vurup sektirdi. Top, bahçenin sert toprağı üstünde tok sesler çıkararak zıplıyordu.

Sol taraftaki bahçe duvarına şut çekmek istedi. Topu yere koyup gerildi. "Şimdi yine tam karşıya gideceğine, kapıdan çıkacak..." dedi ve vurdu. Top tam karşıya doğru havalandı ve havalanır havalanmaz sanki içinde bir pilotu varmış da o pilot direksiyonu sağa kırmış gibi, havada sağa döndü ve sokak kapısından dışarı çıktı.

"Olamaz!" dedi Deniz. "Bu kadarı da olamaz artık! Bu kadar yamukluk olamaz. Sanki top benim istediğim yere değil de kendi istediği yere gidiyor!"

Bir yandan bahçe kapısından dışarı topu almaya koşarken, bir yandan da bu son söylediği sözü düşündü. Top kendi istediği yere mi gidiyordu? Topun dışarı gitmesini isteyen kimdi? Topa vurmadan önce söylediği sözü anımsadı. Ne demişti: "Şimdi top yandan çıkacak!"

Bahçeye girdi. Topu yere koydu. Az önce yaptığı şeyin aynısını yapmaya karar verdi. Topun önünde durdu. Şimdi duvar tam karşısında, sokak kapısı ise tam olarak sağında kalıyordu. "Top yan kapıdan çıkacak!" dedi ve topa dimdik vurdu.

Top tam karşıya doğru fırladı, ancak havada viraj alıp sokak kapısından çıktı.

"Olamaz bu!" dedi Deniz. "Bu sokak kapısında bir şey var. Sanki bir mıknatıs topu oraya çekiyor. Bir yandan da gidip topu aldı. Yeniden bahçenin ortasına koydu.

"Ne biçim top bu!" dedi. "Ne dersem onu yapıyor! Yan kapıdan çıkacak diyorum, çıkıyor..."

Aklına bir fikir geldi. Topu yere koydu ve gerildi. Ama bu kez evin içine doğru bakıyordu. Sokak kapısı ise tam arkasındaydı. Yani şu anda topa vurduğunda top normal olarak evin içine gitmeli veya en kötü olasılıkla salonun koca camlarından birini aşağı indirmeliydi. Gerildi ve "Top sokak kapısından çıkacak!" diyerek topa vurdu.

Top hızla ayağından çıktı ve evin içine doğru yöneldi. Ancak bir anda havada durdu ve sanki evin içinden dışarı doğru esen bir rüzgâr onu üflüyormuş gibi geri geldi, Deniz'in yanından geçerek sokak kapısından dışarı yuvarlandı.

Deniz hiçbir şey söylemeden topu alıp geldi. Bu kez topa vurmadan önce, "Top duvara çarpacak" dedi ve vurdu. Top doğruca gidip duvara çarptı.

Deniz şaşkındı. "Bu top söz dinliyor!" diye fısıldadı kendi kendine. Duvarın dibinden yuvarlanıp gelen topu yakaladı. Bahçenin ortasına koydu. Duvarın sağ köşesindeki yan yatmış bahçe kovasını gördü. Topun o kovanın içine girdiğini düşündü ve topa vurdu. Top onun dehşete düşmüş bakışları altında hızla gidip kovanın içine girdi. Kova, içinde topla tangır tungur yuvarlandı.

Deniz gidip topu aldı. Kovayı ağzı duvara bakacak şekilde koydu. Sonra topla birlikte bahçenin öteki ucuna gitti ve kovaya sırtını döndü. Topa kovanın bulunduğu yöne doğru değil, tam ters yöne, bahçenin öteki duvarına doğru vurdu ama topun kovanın içine girdiğini hayal etmişti vururken. Top önce duvara yöneldi, sonra duvara çarpıp geri geldi, Deniz'in yanından geçip gitti ve bu kez karşı duvardan sekip doğruca kovanın içine girdi.

"Bu top düşüncelerimi gerçekleştiriyor!" dedi. "Nereyi düşünürsem oraya gidiyor!"

Heyecandan terlemişti. Eşofmanının üstünü çıkarıp bahçe kapısının koluna doğru savurdu ama ıskalayıp yere düşürdü. Deniz "Tüh tutturamadım!" diye sırıtarak gitti, yerden aldı. Annesi "Daha yeni yıkamıştım!" diyerek kızabilirdi ona. Eğildiğinde yerdeki palamutu gördü. Cebinden düşmüş olmalıydı. Eliyle cebi yeniden bulup palamutu koydu ve eşofman üstünü kapının koluna astı.

Topu yere koydu ve aklından topun evin kapısından içeri girdiğini geçirerek topa vurdu.

Şangır!

Salonun camlarından biri olduğu gibi aşağı inmişti. Deniz'in annesi koşup geldi. "N'oldu?"

Deniz utanç içindeydi. Annesi salonun ortasındaki topu görünce her şeyi anladı ve Deniz'e kızdı. "Eh yani oğlum, bu parasızlıkta..."

"Yanlışlıkla oldu..."

"Neyse, sana bir şey oldu mu?"

"I-ıh... Olmadı..."

"Tamam ama camların önünde de top oynanmaz ki oğlum..."

Deniz'in canını sıkan aslında camın

kırılmasından çok, az önce keşfettiği şeyin geçerli olmadığını fark etmesi olmuştu. "Demek ki yalnızca rastlantıydı..." dedi. Bir yandan da havada yön değiştiren bir topu rastlantıyla açıklamak ona yetmiyor gibiydi. Annesi süpürgeyle camları bir faraşın içine toplarken, o eşofman üstünü giydi ve topu almak için salona girdi. Koltuklardan birinin altına doğru sokulmuş olan topu çıkarmak için ayağını dokundurduğu anda bedeninden yine elektrik çarpmış gibi bir ürperti gelip geçti. Topa vurdu. Tam vururken de topun salon camında açtığı delikten çıktığını düşünmüştü. Top o hafif vurmayla havalandı ve doğruca camdan dışarı çıktı.

# On dört

Bulut ve Lütfü hariç hepsi sahadaydı. Eski yırtık topla kaleye şut çekip duruyorlardı. Ahmet yeni dizliklerini takmış, olur olmaz her topa havalı plonjonlarla çıkıyordu. Deniz kolunun altında topuyla sahaya yaklaştı.

"Hey, nasılsın?" dedi Attila. "Ayağın nasıl?"

"Fena değil," dedi Deniz, "Tam geçmedi ama..."

Bunu özellikle söylemişti. Onu da antrenmana çağırma konusunda bir sıkıntı yaşamalarını istemiyordu. Oynamayı onun kadar isteyen hiç kimse olamazdı aslında ama onu yalnızca topunu kullandıkları için oynatmalarını kabul edemezdi. "Topu vereyim," dedi. Sonra da kolunun altındaki topu yere koyup Ahmet'e doğru bir şut çekti. Ayağı topa değerken aklından topun Ahmet'e doğru gittiğini ve Ahmet'in tam kucağına düştüğünü düşünmüştü.

Top havalandı ve havada uzun bir yay çizerek herkesin şaşkın bakışları arasında sahanın ta öteki tarafında kalede duran Ahmet'in tam kucağına düştü!

"Vaaay! Şuta bak!"

Attila gözleri büyümüş, gülerek Deniz'e bakıyordu.

"Hey fasulye! Bu ne ya?" Lütfü gelmişti. Hemen arkasından Bulut göründü. Onlar da görmüşlerdi olanı.

"Sensin fasulye!" dedi Deniz, sonra da saha kenarındaki banka doğru gidip oturdu.

Antrenman başladığında o hâlâ olan bitene bir anlam vermeye çalışıyordu. Az önce bahçede olanlar... Bahçede de top sanki onun sözünü dinliyormuş gibiydi. Duvara doğru atarken topun sokak kapısından çıktığını düşünmüş ve top duvara gitmek yerine sokak kapısından çıkmıştı. Hele o kovanın içine girişi? Deniz'in topu ayağıyla vurup da bir kovanın içine soktuğuna hiç kimse inanmazdı. Ama aynen öyle olmuştu. Hatta, kovanın ağzını ters çevirmiş ve topa öyle vurmuştu. Top sanki nereye gittiğini biliyormuş gibi gidip önce duvara vurmuş, oradan da kovanın ağzını bulup girmişti. Şimdi de öyle olmamış mıydı? Topa Ahmet'e gittiğini düşünerek vurmuş ve top Ahmet'e gitmişti. Ama... Ama salonun camı nasıl inmişti aşağıya o zaman? O zaman da topa evin kapısından içeri girdiğini düşünerek vurmuş ama top onu dinlemeyip salonun camını kırmıştı...

"N'aber?"

Başını kaldırdı. Miray, elinde yarısı ısırılmış koca bir kurabiyeyle ona gülümsüyordu. Ağzının kenarlarında kurabiye kırıntıları vardı.

“İster misin?”

Deniz oturduğu bankta yana kayarak yer açtı. “I-ıh! İstemem,” dedi. Miray oturdu. Oturur oturmaz da, “Ne inatçıydı di mi?” dedi.

“Ha? Kim?” Deniz anlamamıştı. Kimdi inatçı olan?

“Zıpır,” dedi Miray. “Hüseyin Dede'nin maymunu. İnmedi ağaçtan...”

“Evet, inmedi,” dedi Deniz. “Çok inatçı.”

“Çoook.”

Bir süre sessizce antrenmanı izlediler. Deniz mutluydu. Dünden beri Miray'ı daha çok görüyordu. Ama aynı zamanda mutsuzdu çünkü antrenmana alınmamıştı. Aslında alınacaktı ama onu topun sahibi olduğu için pek istemeden almış olacaklardı ve o da bunu kabul edemezdi.

"Yakala!"

Attila'nın sesiydi. Top Ahmet'in biraz abartılı degajıyla havalanmıştı ve bayır aşağı gidiyordu. Deniz hızla koştu. Soluk soluğa topu yakaladı ve dönüp baktı. Tam o anda topu her tuttuğunda hissettiği o elektrik çarpmasını yine hissetti. Sahadan çok uzaktaydı. Az önceki gibi bir şut çekmeyi başarabilir miydi acaba? Ama buradan atamazdı, çok uzaktaydı. Sahaya doğru koşmaya başladı. Birden Hüseyin Dede'nin sözleri geldi aklına: "Neye ulaşmak istiyorsan, neyi başarmak istiyorsan ona odaklan," demişti. Olduğu yerde durdu. Taa sahanın öteki ucunda Ahmet sabırsızlıkla topu beklerken yerinde zıplıyordu.

"Hadi ya! Getir şu topu!" dedi Lütfü. "Şut çekmeye kalkma, kim bilir nereye gider yine!"

Deniz Hüseyin Dede'nin söylediğini bir kez daha düşündü... "Neye ulaşmak istiyorsan..."

"Hadi yaa... At şu topu!"

Hayır, atmadı. Yere koydu. Gerildi.

"Heey, saçmalama! Ordan buraya kadar atamazsın, getir şunu!" dedi Bulut.

Deniz gerildi. Topun havalanıp sahaya, oradan da tüm sahayı aşıp öteki uçtaki kalede duran Ahmet'in kucağına indiğini düşündü. Ve başka hiçbir şey düşünmeyerek topa vurdu.

Top havalandı. Attila'nın, Lütfü'nün üstünden geçti ve tüm öteki oyuncuların ve tabii ki Miray'ın şaşkınlıktan kocaman açılmış gözleri önünde kocaman bir yay çizerek uçtu. Topun oraya kadar gelebileceğini asla aklına bile getirmeyen Ahmet'in son anda toparlanarak iki yana açtığı kollarının arasına yorgun bir güvercin gibi kondu.

Sahada derin bir sessizlik oldu. Miray yerinden fırlamış, hayran hayran Deniz'e bakıyordu. Ahmet'se inanmaz bakışlarını kucağındaki toptan ayıramıyordu.

Sessizliği ilk bozan Lütfü oldu. "Yuh be!" dedi.

"Hem de ne yuh!" dedi Attila. "Arkadaşlar biz hata ettik. Deniz'i de antrenmana alıyoruz. Sağlam bir yedeğimiz olması iyi olur."

Deniz Miray'ın yanındaki banka doğru giderken sevinçten daha çok, yaşadığı şaşkınlığın sersemliği içindeydi. Hüseyin Dede'nin söylediği şey ne kadar da doğru çıkmıştı! Demek ki bir şeyi çok isterse ve düşüncesini o şeye odaklarsa başarabiliyordu! Müthişti! Her zaman işe yarayabilir miydi? Örneğin diyelim matematik sınavı var, ders çalışmaya oturduğunda sınavdan yüz çekeceğini düşünerek çalışırsa yüz alır mıydı? Denemeye değer bence, diye geçirdi aklından.

"Heey, duymadın mı?"

Düşüncelerinden sıyrılınca Attila'nın sözünü algıladı. "Ben mi? Şey... Tabii... Olur..."

Yüreği hopladı. İşte antrenmandaydı ve işte onu topun sahibi olduğu için değil, topa çok iyi vurduğu için oyuna çağırıyorlardı. Ve işte artık anlamıştı ki, ayağı yamuk filan değildi...

Banka doğru yürüyüp üzerindeki eşofman üstünü çıkardı. Miray elini uzatıp aldı ve katlayıp banka koydu. Deniz eşofman üstünü çıkarır çıkarmaz içinin ürperdiğini hissetti. Az önceki coşkusunu yitirmişti sanki. Yine de gülümseyerek sahaya koştu.

Ahmet degajını yaptı. Top taa en ilerdeki Kubilay'ı buldu. Kubilay topu kesti ve sağa doğru ilerledi. Cem yetişti. Kubilay'ın çalımı işe yaramadı. Cem topu geriye kaydırdı ve kendi sağından Bulut'a aktardı. Bulut bağırarak koştu ve kaleye doğru ilerledi. Hiç beklemediği bir anda topu İlhan'a kaptırdı. İlhan çalımlamada çok kıvraktı. Gürol ne kadar uğraştıysa da topu alamadı. Mert yetişti. İkisinin arasından topu kapmayı başardı ve kısa bir pasla yeniden topu Bulut'a kaydırdı. Ancak Bulut'tan önce Lütfü yetişip topu taca attı. Taç vuruşunu Acar yaptı. Top yine Bulut'taydı. Bulut bu kez kararlıydı. Topu kaptırmayacaktı ama Kubilay'la Attila'nın akınlarına direnemeyeceğini fark edip sağ açıktan kaleye en yakın pozisyona o anda geçmiş bulunan Deniz'i gördü ve "Al!" diye bir çığlık atarak sol vuruşla topu ona gönderdi. Deniz pozisyonu kaçırmadı ve olabilecek en uygun pozisyonda sağ ayağının önüne kadar gelmiş bulunan topa olanca gücüyle vurdu. Topun kalenin iki metre sağından avuta çıktığını görünce üzüntüyle "Tüh!" dedi.

"Olsun!" diye bağırdı Attila. "Çok iyisin bence. Eskisinden iyi."

Eskisinden iyi miydi değil miydi bunu en iyi anlayabilecek kişi Deniz'in kendisiydi aslında. Az önce top toplayıcısı olarak yakaladığı topu Ahmet'e atarkenki enerjiyi içinde hissetmiyordu şu anda. Bu kadar elverişli bir pozisyonda topu kaleye atmaya çalışırken düşüncesini gole odaklamayı bir türlü başaramamıştı. Tersine, ayağı topa değdiği anda nedense gözlerinin önünde topun avuta çıktığı görüntüsü oluşmuştu. Ne oluyordu?

"Mola!" dedi Attila.

Deniz Ahmet'in ona doğru yuvarladığı topu aldı ve başı eğik yürüdü. Miray'a bakamıyordu. Golü atabilseydi havası müthiş olacaktı. Ama olmadı işte.

"Olmadı!" dedi. Miray yana kayıp yer açtı. Deniz bankta katlanmış duran eşofman üstünü giymek üzere aldı.

Alırken yere bir şey düştü.

"Bu ne?"

Deniz Miray'ın yerden aldığı palamuta baktı. "Hiiiç. Palamut," dedi.

"Niye taşıyorsun? Uğur mu getiriyor?" diye takıldı Miray.

Deniz de "Yaa, tabii. O benim uğurum," dedi gülerek. "Ver şunu!"

Uzanıp aldı. Palamut eline değer değmez tüm bedeninden bir an sanki elektrik çarpmış gibi bir ürperti geldi geçti. Bacaklarından yukarı doğru bir sıcaklığın yükseldiğini hissetti. Yerinde zıp zıp zıplamak isteyecek kadar enerjiyle yüklenmişti.

"Ne oluyor?" dedi kendi duyacağı bir sesle. İçinden bir ses ona şunu söylüyordu: "Az önceki gol pozisyonu şu anda olsaydı, asla kaçırmazdın!"

Elindeki palamuta çevirdi gözlerini. Uzun uzun baktı. Sonra eğilip bankın üstüne bıraktı ve elini çekti. Bedenindeki enerjinin toprağın içine doğru akıp gittiğini hissetti bir anda. Hızla uzanıp palamutu yeniden aldı. Bedeni yay gibi gerildi. Avının üzerine atlamaya hazırlanan bir leopar gibiydi şimdi.

Palamutu yeniden bırakıp doğruldu. Kendi doğrulmuştu ama bedeni doğrulmak şöyle dursun, neredeyse yığılacaktı oracığa. Öyle yorgun hissediyordu kendini.

Hiç duraksamadan palamutu aldı. Gözleri parlıyordu. "Bu palamut!" dedi yine içinden. "Her şeyin sırrı bu palamutta!" Bahçede olanlar... Topu iki kez o kadar uzaktan taa Ahmet'in kucağına atması...

Attila'nın "Haydi!" sesiyle herkes sahaya doğru koştu. Deniz ne yapacağını biliyordu. Keşfettiği şeyin gerçek olup olmadığını anlamasının tek bir yolu vardı. Eşofmanının üstünü çıkarıp bankın üstüne koydu. Palamutu ise pantolonunun cebine koyup sahaya koştu, yerini aldı. Bu kez topun onun komutasında o nereye istiyorsa oraya gideceğinden emindi.

"Haydi aslanlarım!" diye haykırdı Attila. "Yoncaspor bu maçı alacak! Takımımız sonsuza dek zaferden zafere koşacak!"

Çevresine gururla baktı. Ötekilerden bu güzel sözleri için bir çığlık ve alkış bekliyor gibiydi ama öyle bir şey olmadı. Hepsi sahanın ortasına kadar gelmiş olan Neriman Hanım'a bakıyordu.

"Üzgünüm çocuklar," dedi Neriman Hanım titrek bir sesle. "Arsayı satmak zorundayım. Futbol sahanız olmayacak artık..."

# On beş

"İşte böyle," diye sözlerini tamamladı Miray. "Üç bin üç yüz otuz üç lira vergi borcunu ödeyemeyeceği için de arsasını satmayı kabul edecekmiş."

"Hımm..." dedi Hüseyin Dede. Deniz Miray'ın sözlerini tamamladı:

"Tabii arsayı satın alan adam da oraya hemen bir site yapacağı için futbol sahamız da olmayacakmış..."

"Hımmm..." dedi Hüseyin Dede yine. Zıpır, bahçenin yan tarafındaki sallanan koltuğun tepesine tünemiş, karnını kaşıyıp duruyordu. Hüseyin Dede "Gel buraya!" deyince "Viyk!" diye bağırdı. Hüseyin Dede yerinden kalkıp ona doğru yürüdü. "Gel çabuk!" dedi. Zıpır yine "Viyk!" deyip sıçradı ve bir çırpıda ağacın tepesine tırmandı.

"Al işte!" dedi Hüseyin Dede. "İndirebilirsen indir şimdi..."

"Huysuz şey!" dedi Miray gülerek. Zıpır ağacın dalından tepetaklak sarkarak "Kiirrrk!" diye bir ses çıkardı. Deniz'le Miray kahkahalarla güldüler. Çok komikti bu maymun!

Hüseyin Dede yine hasır koltuğuna oturdu. Düşünceli görünüyordu.

"Limonata ister misiniz çocuklar?" diye sordu.

"Ben isterim!" dedi Miray.

"Ben de isterim!" dedi Deniz.

Hüseyin Dede içeri girdi. Az sonra bir tepsi içinde üç bardak ve bir sürahi limonatayla geri geldi.

"Demek o gün kapıda gördüğüm adamlar arsa için gelmişler öyle mi?" dedi. "Hani ellerinde çiçekler vardı."

"Evet," dedi Miray. "Çiçeklerle gelmişler çünkü Neriman Hanım'ı etkilemek istiyorlarmış, arsasını satsın diye. Ama Neriman Hanım olmaz demiş. Çok para vereceklerini söylemişler. Bana ne paradan, demiş Neriman Hanım. Bana yetecek kadar param var, buralarda benim çocukluğum geçti, siz şimdi beton beton binalar yaparsınız, istemem, demiş. Buraları yeşil kalsın bari, demiş. Çocukların oyun oynayacak yerleri bile kalmadı, demiş..."

Hüseyin Dede sakalını sıvazladı. "Hımmm... Onlar ne demişler peki?" diye sordu.

"Onlar da demişler ki, çok haklısınız Neriman Hanım, demişler..."

"Çok haklısınız mı demişler?"

"Evet. Öyle demişler. Çok haklısınız Neriman Hanım. Yeşili korumalıyız, doğru söylüyorsunuz, demişler. Biz de sizinle aynı fikirdeyiz demişler..."

"Eeee?"

"Çok haklı olduğunuz için de, demişler, arsaya yapacağımız binaların hepsini yeşile boyayacağız, demişler.

Böylece yeşili koruyacağız demişler..."

"Gerçekten böyle mi demişler? Buna inanamıyorum..."

"Evet öyle demişler aynen..."

"Peki Neriman Hanım ne demiş bu sözlere?"

"Bir şey dememiş..."

"Bir şey dememiş mi?"

"Hayır, dememiş ama bir şey yapmış..."

"Ne yapmış?"

Miray sözlerini gülerek tamamladı.

"Tavayı eline almış ve ikisinin de kafasına vurmuş. Nasıl kaçacaklarını bilememişler..."

Hepsi birden kahkahalarla gülmeye başladılar.

"Neriman Hanım'ın tavası meşhurmuş," dedi Miray, "Daha önceki ziyaretlerinde de tavanın tadına bakmış adamlar."

Gülmeleri bitince Deniz içini çekerek, "Ne kötü!" dedi. "Gülüyoruz ama gerçek şu ki, yapacak hiçbir şey yok..."

Hüseyin Dede elini başına götürüp şapkasının kenarından düşecek gibi duran piyango biletini düzeltti. Sonra da elini sakalına götürüp öksürdü. "Hayır," dedi. "Umutsuzluğa kapılmayın. Her zaman yapacak bir şey bulunur!"

# On altı

Neriman Hanım kapıyı açıp da karşısında bir maymunla birlikte Hüseyin Dede'yi ellerinde çiçeklerle görünce çok şaşırdı. Hüseyin Dede'yi uzaktan uzağa bilirdi ama daha önce hiç tanışmamışlardı. Maymununu da çocuklardan duyar dururdu ama onu da ilk kez görüyordu.

"İyi günler!" dedi Hüseyin Dede. "Konuğunuz olabilir miyiz?"

"Tabii... Şey... Hoş geldiniz..." dedi Neriman Hanım. "Şey... Şaşırdım da..."

"Şaşırmayın Neriman Hanım. Komşuyuz işte, pek görüşmesek de... Bakın size kendi bahçemde yetiştirdiğim güllerden getirdim. Umarım beğenirsiniz..."

"Şey... Çok zahmet etmişsiniz... Tabii, çok güzeller. Çok güzel kokuyorlar... Teşekkür ederim. Çok teşekkür ederim... İçeri buyurun..."

Hüseyin Dede Zıpır'la birlikte içeri yürüdü. "Hımmm... Güzelmiş eviniz," dedi.

"Teşekkür ederim," dedi Neriman Hanım. "Şey... Dağınık biraz..."

"Yok canım, dağınıklığı siz gelin de bende görün..."

Hüseyin Dede ve Zıpır salondaki

kanepeye yan yana oturdular.

"Şapkalarınızı çıkarsaydınız?" dedi Neriman Hanım.

"Yok yok, kalsın," dedi Hüseyin Dede. "Böyle iyi..."

Hüseyin Dede'nin de, Zıpır'ın da kafasındaki şapkalar Neriman Hanım'ın tuhafına gitmişti. Üstelik evin içine girdikleri halde çıkarmamışlardı. Hüseyin Dede zaten her zaman şapkalı dolaşırdı ama Zıpır, bu haliyle çok komik görünüyordu. Neriman Hanım gülmemek için kendini zor tutuyordu.

"Siz bilirsiniz, ne alırdınız?"

"Zahmet olmasın Neriman Hanım?.."

"Yok canım ne zahmeti? Bir kahvemi içersiniz artık; nasıl olsun?"

"Şey... Orta olsun bi zahmet..."

"Pekii... Maymun Bey ne alırlar acaba?"

Zıpır kendisinden söz edildiğini anlamış gibi, "Viyk!" dedi.

"Adı Zıpır," dedi Hüseyin Dede. "Zıpır..."

Zıpır bir daha "Viyyk!" dedi ve sırıttı.

"Ona da bir muzum olacaktı sanırım," dedi Neriman Hanım mutfağa giderken.

Az sonra Zıpır muzunu yiyor, Hüseyin Dede ile Neriman Hanım da karşılıklı kahvelerini höpürdetiyorlardı.

Bir süre havadan sudan konuştuktan sonra Hüseyin Dede öksürerek boğazını temizledi ve "Neriman Hanım..." dedi.

"Efendim?" dedi Neriman Hanım.

Hüseyin Dede bir daha öksürdü. "Neriman Hanım..." dedi.

"Efendim?"

Hüseyin Dede yine öksürdü. "Neriman... Öhhö... Öhhö... Neri... Öhhö... man... Öhhö... Hanım..."

"Bir su getireyim," diyerek Neriman Hanım mutfağa koştu.

Hüseyin Dede suyu içtikten sonra kendini biraz daha rahat hissetti. "Neriman Hanım," dedi. "Şey... Bakın, şunu diyecektim ki... Siz burada... Bu evde... Böyle yapayalnız yaşıyorsunuz..."

Neriman Hanım şaşırmıştı. "Eee? N'olmuş yani?" dedi. "Bir sorun mu var?"

"Yo yooo..." dedi Hüseyin Dede. "Tabii ki sorun yok... Diyecektim ki... Şey... Siz burda böyle yapayalnız... Ben orda böyle yapayalnız... Yani diyecektim ki biz sizinle şeytsek... Evlensek ve..."

"Neeee?" Neriman Hanım öfkeyle yerinden sıçradı. "Evlenmek mi?"

"Şey... Yani canım... İşte öyle aklıma geldi de..." dedi Hüseyin Dede. Neriman Hanım'ın öfkeyle büyüyen gözlerinden ve havaya tel tel dikilen saçlarından ürkmüştü. "Yani.. Şey... Eğer istemezseniz... Yani bir şey diyemem tabii..."

"Bir şey diyemez misiniz?" Neriman Hanım yerinden kalkmış ve bir koşu mutfağa dalmıştı. Bir saniye geçmeden elinde tavayla geri geldi ve bir an bile duraksamadan tavayı Hüseyin Dede'nin başına geçirdi. Her zaman olduğu gibi LÖNK! sesini duyacağını sanıyordu ancak öyle olmadı. Onun yerine POFF! diye bir ses duyuldu. Hüseyin Dede şapkasının içine gazete kâğıtları doldurup öyle taktığı için kafası tavayı hissetmemişti bile. Gülmeye başladı. O gülünce Neriman Hanım daha çok sinirlendi. Hele Zıpır da gülünce öfkeden küplere bindi ve tavayı Zıpır'ın kafasına geçirdi. Bir POF! sesi de oradan çıktı. Neriman Hanım'ın tavasının şöhretini duyan Hüseyin Dede gelmeden önce önlemini almıştı. Neriman Hanım'ın çaresizliğine katıla katıla gülüyor, Zıpır'sa "Viyk! Viyk!" diye kanepenin üstünde zıplıyordu.

Sonunda Neriman Hanım da gülmeye başladı. "Siz ne komik şeylersiniz ayol!" dedi. Gülmekten koltuğa yığılmıştı.

Bir süre sonra gülmekten yoruldular. Neriman Hanım "Tamam tamam," dedi. "Söz veriyorum, nazik teklifinizi düşüneceğim. Kabalık ettiysem bağışlayın. Bu arada şapkalarınızla aldığınız önleme bayıldım. Neyse, artık anlaştığımıza göre ev içinde ve üstelik bir hanımefendinin yanında şapka takılmayacağını bilen nazik centilmenler gibi çıkarın şu şapkalarınızı da askıya asayım."

"Hay hay," dedi Hüseyin Dede ve şapkasını çıkarıp uzattı. Zıpır da onu taklit etti, "Viyk!" diyerek şapkasını Neriman Hanım'a uzattı. Neriman Hanım şapkaları asmak yerine sokak kapısını açıp dışarı attı ve geri döndü. Gözlerinden ateş çıkıyordu şimdi.

"Demek evlenip senin evine taşınacağım ha! Senin çamaşırlarını, bulaşıklarını yıkayacağım ha! Seni soysuz!" diyerek elindeki tavayı ne olup bittiğini anlamaya bile fırsat bulamayan zavallı Hüseyin Dede'nin başına indirdi. Hüseyin Dede "Kaçalım Zıpır!" diye bağırarak kapıya koştu ancak bu uyarısı Zıpır'ı kafasına inen tavadan koruyamamıştı. O da "Viyyk! Viyyk!" diyerek kapıya attı kendini. Şapkalarını alıp sahayı geçtiler ve bayır yukarı koştular. Evlerine ulaşıp kapının sürgüsünü çekene kadar da arkalarına bakmadılar.

# On yedi

Deniz tam topuyla bahçeye çıkmak üzereyken Miray geldi. "N'aber?" dedi, "Hüseyin Dede'ye gidiyorum. Gelmek ister misin?"

Az sonra bahçede oturmuş limonata içiyorlardı. Zıpır biraz daha az huysuzdu. Hüseyin Dede'nin kucağında uysal uysal oturuyordu.

"Neriman Hanım adamlara arsasını satacağını söylemiş..."

Miray'ın bu sözüne Hüseyin Dede'den bir karşılık gelmedi. Neriman

Hanım'a yaptıkları o ziyaretten beri ne zaman onu düşünse başında tavanın oluşturduğu şişlikler sızlıyordu.

"Satsın!" dedi Miray'a.

Miray ve Deniz şaşırdılar. Belli ki çözüm yoktu ve arsa satılacaktı ancak Hüseyin Dede'nin bu kadar rahat "Satsın!" demesi onları rahatsız etmişti.

"Ama Hüseyin Dede?.."

"Efendim?"

"Gerçekten satmasını mı istiyorsun?"

"Yoo... İstemiyorum ama siz söylediniz ya... Yapacak bir şey yok!"

"Evet..." diye Deniz söze karıştı. "Biz yapacak bir şey yok demiştik, doğru ama sen de demiştin ki, yapacak bir şey bulunur demiştin..."

Hüseyin Dede gülümsedi. "Evet çocuklar," dedi. "Öyle demiştim çünkü her zor durumda bile mutlaka bir çözüm yolu bulunabileceğine inanıyordum. Ama aslında siz haklıydınız; o sırada gerçekten de bir çözüm yoktu..."

"Şimdi var mı?"

"Evet. Şimdi var. Üstelik bu çözümü bana Neriman Hanım'ın kendisi kafama vura vura gösterdi..."

"Kafana vura vura mı?"

"Evet. Hem de tavayla! Neyse, işte çözüm..."

Deniz ve Miray şaşkınlıkla sokuldular. Hüseyin Dede başındaki şapkayı eline aldı. Elleriyle iki yanını yokladı ve bir tarafından ucu görünen piyango biletini çıkardı.

"Yoksa? Yoksa? Büyük ikramiye mi çıktı? İnanmıyorum!" diye bir çığlık atarak ayağa fırladı Miray.

Hüseyin Dede "Dur dur... İnanma zaten; öyle bir şey olmadı..." dedi.

Miray hayal kırıklığı ile yerine oturdu.

"Ben de sanmıştım ki..."

"Büyük ikramiye sandın değil mi? Gerçekten de hoş olurdu. Ama nerde bende o şans? Her neyse, büyük ikramiye çıkmadı; küçük bir ikramiye çıktı!"

Miray ve Deniz yerlerinden hopladılar.

“Küçük bir ikramiye mi?”

“Evet, küçük bir ikramiye!”

“Yani? Kaç para?”

“Hımm... Sorunumuzu çözecek kadar desek? Beş bin lira!”

“Beş bin lira mı?”

“Beş bin lira... Sanırım vergi borcu da üç bin civarı bir şeydi. Yani bana da biraz para artıyor. Zıpır için epey bir süre muz alabilirim.”

“Yani?.. Şey... Hüseyin Amca, şaka yapmıyorsun di mi? Gerçekten çıktı di mi?”

“Evet çocuklar, şaka yapmıyorum. Biletin çekiliş tarihi çoktan geçmişti. Dün Neriman Hanım şapkalarımızı yere atınca bileti görüp hatırladım. Gazeteden sonuçlara bir bakayım dedim. Düşünsenize az kalsın bileti atıyordum. Beş bin lira çöpe gidecekti. Düşündüm ki, bu paraya ihtiyacım yok benim. Bari Neriman Hanım'a vereyim de vergisini ödesin, böylece arsayı satmak zorunda kalmasın..."

Miray'ın gözleri dolmuştu. Kendini tutamayıp Hüseyin Dede'ye sarıldı.

"Sen çok tatlı bi dedesin!" dedi.

Birden bahçe girişinde bir ses duydular:

"Benim kekim kadar tatlı olamaz!"

Hüseyin Dede yerinden sıçradı. "Neriman Hanım!" Korkudan hemen ayağa kalkmıştı. Zıpır onu görünce Hüseyin Dede'ye daha sıkı sarıldı.

"Şey... Hoş geldin..."

"Hoş bulduk," dedi Neriman Hanım. "Düşündüm de... Dün size biraz kaba davrandım... Şey... Kek yaptım. Bilmem ki, çayınız filan varsa..."

"Tabii tabii... Olmaz mı?" dedi Hüseyin Dede. "Neyimiz var çocuklar, söyleyin bakalım!"

Miray ve Deniz aynı anda "Limonatamıııız!" diye bağırdılar.

Hüseyin Dede Zıpır'ı yere bırakıp mutfağa gitti. Limonatalarla birlikte kek için tabaklar getirdi.

Az sonra dördü birden oturmuş kek ve limonata eşliğinde sohbet ediyorlardı.

"Hayır hayır," dedi Neriman Hanım, "Bu parayı borç olarak kabul edebilirim ancak. Er geç ödemek koşuluyla..."

"Pekâlâ pekâlâ..." dedi Hüseyin Dede. "Günün birinde ödersiniz. Şimdi bunu düşünmeyin lütfen. Bana o para hiç gerekmiyor. Hayatımda ilk kez piyangodan çıkan bir para. Bari bir işe yarasın. Hatta ben hiç uğraşmayayım, bileti şimdiden size vereyim, siz ne gerekiyorsa yapın... Alın işte..."

Hüseyin Dede böyle diyerek oturduğu hasır koltuğun koluna koyduğunu sandığı şapkasına uzandı. Şapka orada yoktu. Eğilip yere baktı düşmüş mü diye. Hayır, şapka orada da yoktu. Ayağa kalkıp koltuğun çevresine, sonra da öteki koltukların altlarına baktı.

"Şapkam nerede? Mutfağa mı götürdüm acaba?" Mutfağa gidip baktı. Hayır, mutfağa götürmemişti. Yeniden dışarı çıktı. "Şapkam yok," dedi. "Bilet şapkamdaydı..."

Bunu duyunca ötekiler de kalkıp çevreyi aramaya başladılar.

"Viyyk!" sesiyle birlikte başlarını yukarı çevirdiler.

"Olamaz!'

Zıpır Neriman Hanım'ı görünce tava korkusundan şapkayı başına takmış ve en üst dallardan birine kadar tırmanmıştı.

"Çabuk gel buraya!" diye bağırdı Hüseyin Dede.

Zıpır "Viyyk!" dedi. Hüseyin Dede hırsından köpürüyordu. "İn aşağı diyorum sana!"

Ancak Zıpır'ın hiç inmeye niyeti varmış gibi durmuyordu. Sırtını dala yaslamış göbeğini kaşıyordu.

"Hey Tanrım!" dedi Hüseyin Dede. "Şimdi inmek bilmez ordan. Bileti yitirirse yandık... Hey! Çabuk in diyorum!"

"Muz göstersek?" dedi Deniz. "İşe yaramaz mı?"

"Yaramaz," dedi Hüseyin Dede. "Çok inatçıdır. Şimdi inmesini istediğimizi anladı ya, bütün gün inmez artık. İnmesin, tamam da, biletin başına bir şey gelmese... Ah niye ortada bıraktım ki sanki. Güvenli olsun diye şapkama takmıştım. Nerden bilebilirdim ki?.. Yine de mutfakta muz var, getirip bir gösterin isterseniz. Belki sizi dinler..."

Deniz mutfağa girdi. Tezgâhın dibinde bir tahta çanağın içinde iki muz ve bir elma duruyordu. Muzun birini alıp çıktı. Yukarıya doğru muzu sallayarak bağırdı:

"Heeey! Zıpıııır! Bak ne güzel muz, ister misin?"

Zıpır aşağı baktı. Muzu gördü.

"İnecek galiba!"

Beklediler. Zıpır muza bir daha baktı. Dilini uzatıp "Fııırt!" diye bir ses çıkardı.

"Dalga geçiyor bizimle..."

"Dalga mı geçiyor?"

"Tabii... Dedim ya inmesini istediğimizi biliyor, tadını çıkarıyor inatçılık ederek. Çocuk gibi..."

"Muz işe yaramadı," dedi Deniz.

"İşe yaramayacağını bile bile denemenizi istedim. Belki inadını yalnızca bana yapıyordur diye ama baksanıza, ruhu inatçı bu yaratığın..."

Deniz birden "Bir masal vardı..." dedi.

Miray kaşlarını çatarak baktı. "Masal mı? Şimdi masal sırası mı?" dedi.

"Bir şapkacı masalı vardı..." dedi Deniz. "Şapka satıyordu hani... Bir ağacın altında uyurken maymunlar şapkalarını çalıp ağacın tepesine kaçırıyorlardı..."

"Eee?" Durumun benzerliği Miray'ın ilgisini çekmişti. "Bu masalı bilmiyorum ben."

Deniz anlatmaya devam etti: "Zavallı adam maymunlardan şapkalarını alabilmek için her şeyi yapıyor ama maymunlar onunla dalga geçiyorlar, hatta o ne yaparsa onun taklidini yapıyorlar. Bunun üzerine adamın aklına bir fikir geliyor; maymunlar taklitçi ya, ondan yararlanıyor. Elini başına götürüyor, başında şapka varmış da atıyormuş gibi yapıyor. Bunun üzerine maymunlar da onun taklidini yapmak için başlarındaki şapkaları çıkarıp atıyorlar..."

Miray kahkahalarla güldü. "Harikaymış! Haydi deneyelim! Hey Zıpır!"

diye seslendi.

Zıpır aşağı baktı. Miray elini başına götürdü. Başından şapkasını alıyormuş da atıyormuş gibi yaptı. Beklediler. Zıpır elini kaldırdı ve burnuna götürdü.

"Nanik yapıyor!"

"Edepsiz şey!"

Masaldaki yöntem işe yaramamıştı. Sıkıntıyla sağa sola bakındılar.

"Ağaca çıkamaz mıyız?"

"Hayır," dedi Hüseyin Dede. "Oradaki dallar Miray'ı bile taşımaz, çok ince... "

Birden Miray bağırdı:

"Durun, elini başına götürdü!" Gerçekten de Zıpır elini başına götürmüştü.

"Şimdi atacak şapkayı!"

Zıpır elini başına götürüp şapkayı çıkardı. Önce içine baktı. Sonra yanlarındaki kat yerlerine elini soktu. Piyango biletini çıkardı. Sanki ıslakmış da kurutmak istermiş gibi havada salladı. Sonra bırakıverdi!

"Hey! Bileti bıraktı!" dedi Hüseyin Dede sevinçle. Ancak sevinci kısa sürdü. Çünkü bilet bir alttaki dala takılıp kalmıştı. Zıpır şapkayı aşağı savurup kendisi de hızla indi.

"Tüh!"

Zıpır da şapka da aşağıda ama bilet ağacın tepesindeydi. Hüseyin Dede yerden bir taş aldı. Gerilip savurdu. Taş ağacın yarısına kadar bile erişmedi.

"Olmayacak. Kendi kendine düşmesini beklemekten başka çare yok. Nasıl olsa düşer..."

Tam o anda, sanki Hüseyin Dede'yi yalanlamak istercesine gök gürledi. "Eyvah!" dedi Hüseyin Dede. "Yağmur geliyor. Dalın üstündeyken ıslanırsa hem okunmaz hale gelir hem de iyice dala yapışır kalır... Ah Zıpır, nasıl alacağız onu oradan?"

Deniz çaresizlik duygusuyla hasır koltuğa oturdu. Sırtını topuna yasladı. Top?

Birden doğruldu... Hayır, böyle bir şey olamazdı. Çok yüksekti ağaç. Ama bir denese? Hayır hayır. Gülünç olurdu bu. Yine oturdu. Ama bir dakika sonra kalktı. İçindeki ses aklına geleni denemesi gerektiğini söylüyordu ona. Topu kucakladı. Ağacın ötesine doğru yürüdü. İyice uzaklaştı ve döndü. Şimdi piyango biletinin rüzgârla hafif hafif dalgalanışını görebildiği bir noktadaydı. Topu yere koydu. Gözünü bilete dikti. Top gidecek ve bilete çarpacak, diye düşündü. Topun ağaca doğru yükseldiğini ve bilete vurduğunu hayalinde canlandırarak gerildi gerildi ve hızla koşup var gücüyle topa vurdu.

Top hızla yükseldi. Tam bilete yaklaşmıştı ve çarpmak üzereydi ki bir rüzgâr ince bir dalla topun yolunu kesti.

"Tüh!" dedi Deniz. Ancak top önüne çıkan dalı ciddiye bile almadı. Biraz daha yükselerek üstünden geçti ve hızla bilete çarptı. Bilet daldan kurtulup salına salına aşağı süzüldü. Neriman Hanım'ın çiçekli porselen kek tabağının içine kondu.

# On sekiz

Kuruyayla takımı çok havalı görünüyordu. Maç onlara ait olan kocaman ve gösterişli sahada yapılacaktı. Kendi küçük sahalarında antrenman yapmaya alışık olan Yoncasporlular için bu saha koştukça büyüyen geniş bir ova gibiydi. İlk yarı boyunca koşmaktan dilleri dışarı çıkmış, yine de iki gol yemekten kendilerini kurtaramamışlardı. Her iki takımın taraftarları tribünleri doldurmuştu. Kuruyaylalılar sevinç içindeydi. Yoncaspor taraftarları ise hemen mi ağlasınlar, yoksa biriktirip daha sonra mı ağlasınlar, karar veremiyorlardı. Sonuç tam bir fiyaskoydu.

Deniz yedekteydi. Miray, Hüseyin Dede ve Zıpır'ın hemen önündeki sırada cebinde palamutuyla oturuyordu. Hakem Deniz'in topunu incelemiş ve her iki takımın onayını alarak maçta o topun kullanılmasına karar vermişti. Boyut ve ağırlık olarak bütün kurallara en uygun top oydu. Deniz birinci yarı boyunca sürekli olarak Kuruyaylalı oyuncuları dikkatle izlemişti. Gerçekten de daha önce konuştukları gibiydiler. Yoncaspor karşısındaki üstünlüklerinin farkındaydılar ve bu da onları kibirli yapıyordu. Bu kibir nedeniyle de, topu alan doğruca gidip kendi golünü atmaya çalışıyor, paslaşmayı gerekli görmüyordu. Top kaptırmama konusunda da çok başarılıydılar. Deniz ilk yarının sonunda Attila'nın yanına gitti. Düşüncelerini söylemek istedi. Attila üzgündü. Hiçbir umudu kalmadığı için herhangi bir şey duymak istemiyordu.

"İki tane yedik!" dedi Deniz'e. "Ne söyleyebilirsin ki? Ne önerebilirsin böyle bir durumda?"

"Uzun vuruşlar!" dedi Deniz. "Paslaşmaları arttırırsak topu kaptırıyoruz ve geri alamıyoruz. O halde uzun vuruşlarla gol arayalım!"

Attila bir yandan elindeki şişeden yüzüne su vururken, bir yandan da uzaklara bakıyordu. Takım kaptanı olarak kendini sorumlu ve başarısız hissediyordu.

"İşe yaramaz bence..." dedi Deniz'e. Aslında işe yarayıp yaramayacağını düşünmeden konuşmuştu. Deniz'i pek ciddiye almıyordu çünkü. Deniz mi bilecekti, yoksa kaptan olarak kendisi mi? "Boş ver," dedi. "Olan oldu artık... Hem uzun vuruş dediğin de öyle kolay değil ki..."

Deniz antrenman sırasındaki uzun vuruşlarını Attila'nın anımsamasını isterdi ama doğrusu kendisi de maça girerse öyle uzun vuruşları yapacağından emin değildi ki...

İkinci yarı başladı. Yoncasporlular

yenilginin gerginliğiyle girdiler oyuna. Lütfü hırsla rakip oyuncunun ayağından topu almak istedi. Yandan ikinci rakip oyuncu da devreye girince bir karambol oldu ve bir anda Lütfü'nün yere yığıldığı görüldü. Hakem düdüğü çaldı. Lütfü kıvranıyordu. Koştular. Lütfü doğruldu. "Yok bişeyim!" dedi. Ancak topallıyordu. Yine de oynamakta ısrar ediyordu. Attila da oynamasından yanaydı ama ayağını burkmuştu ve bu nedenle de yerine yedek oyuncu olarak Deniz'in girmesine karar verildi.

Maç yeniden başladı. Deniz Kuruyaylalılar için yaptığı değerlendirmeye uygun davranmaya karar vermişti. Topu ayağında çok tutmayacak, en az paslaşmayla kaleyi hedefleyecekti. Rakip takım, bu tür stratejileri kolaylıkla boşa çıkaracak kadar güçlüydü. Çalımla ayaklarından top almak veya kurdukları barajları aşabilmek güçtü. Sonunda Bulut topu kapmayı başardı. Gürol üzerinden Cem'e, oradan da İlhan'a kaydırdı. Ancak rakip oyuncuların baskısını hisseden İlhan topu kaleye, Ahmet'e geri gönderdi. Ahmet havalı degajlarından birini yaptı. Top beklenmedik bir biçimde rakip oyuncuların seyrek kaldığı sağ açıkta mevzilenmiş olan Toprak'ın önüne düştü. Toprak başını kaldırır kaldırmaz çok uygun pozisyondaki Deniz'i gördü. Daha önce Deniz'in aynı pozisyonda topu avuta attığını düşünerek bir an duraksadıysa da çabuk toparlandı. O an için yapılacak en iyi şey bunu denemekti. Hem o kadar uzaktan Deniz gol atmayı deneyemezdi. "Yine bana ver!" diye bağırarak pası kaydırdı ve önünde beliren rakip oyuncunun arkasına geçiverdi. Rakip oyuncu da, Toprak da Deniz'in bulunduğu yerden kaleyi hedefleyeceğini düşünmediler. Bu nedenle de Deniz'in önünde sürpriz bir alan açık kalmış oldu. Deniz topa doğru hızla yaklaşırken onun kalenin ağlarını zorladığını hayal etti ve vurdu.

Tribünler "Goool!" diye inledi. Deniz'in kalbi duracaktı sevincinden. Kollarını kaldırarak koştu. İşte olmuştu. Tam da Hüseyin Dede'nin söylediğini yapmıştı. Tabii, cebindeki palamuta borçlu olduğunu biliyordu bu golü. Elini cebine soktu. Yanlış cep, dedi. Ötekine soktu. İki elini birden soktu. Hayır, palamut cebinde değildi. Düşürmüş olmalıydı. Herhalde otururken cebinden kayıp düşmüştü...

Arkadaşları onu kucaklamak üzere koşup gelince ceplerini tekrar tekrar arayıp sağa sola bakmaktan vazgeçti. Bir şey aradığını bilmemeliydiler. Ama palamut yoksa o golü nasıl atmıştı ki? Şansı yaver gitmişti demek ki... Ah palamutu bulsa... Gidip oturduğu yeri arasa... Düdük çaldı. Bunu şu anda yapamazdı. Zaten palamutu oturduğu yerde düşürmüş bile olsa, gidip yerden aldığını herkes görür, nedenini sorarlardı. Bulunduğu yerden görmeye çalıştı ama yerde bir şey görünmüyordu.

Bir anda 2-1 durumuna geçmek Yoncasporlular için müthiş bir moral olmuştu. Bir gol daha atabilirlerse durum berabere olacaktı ve bu da Yoncasporlular için tam bir zafer anlamına gelecekti.

Maç yeniden başladı. Rakip oyuncu top sürerek ilerliyordu. Bu kez Deniz'i şaşırttılar. Daha sık paslaşmaya başladılar. Ancak, bu sayede topu kaptırma olasılıkları yükseldi. Özellikle Mert ve İlhan bu konuda çok kıvraktı. Orta sahada topu kaptılar ve rakiplerin beklentisinin tersine, geri çekip daha önce olduğu gibi Ahmet'e verdiler. Ahmet topu sol açığa gönderdi. Deniz buna şaşırdı çünkü rakip oyuncular daha yoğundu o tarafta. Kendisi sağ açığa kaydı. Topu karşılayan rakip oyuncuyu Cem ve Toprak bloke etti. Rakip oyuncu ilerleyemedi. Gol yemiş olmalarının gerginliğiyle Toprak'a sert girdi. Toprak kendini yerde buldu. Hakemin düdüğü çaldı. Penaltı atışını genelde Bulut yapardı. Yine aynı beklentiyle Bulut topun gerisinde yerini aldı. Attila'nın sesi duyuldu: "Deniz!" Penaltı vuruşunu Bulut yerine Deniz'in yapmasını istiyordu. Deniz şaşırdı. Bulut daha çok şaşırdı buna.

Deniz gerildi gerildi. Topun rakip takımın kalecisinin bacakları arasından ağları bulduğunu gözünün önüne getirdi. Bu görüntü çok hoşuna gitti. Topa vururken bunu çok daha canlı hissetti. Ama topa istediği gibi güçlü vurmayı başaramadı. Ayağının bir kenarı topla birlikte yere de geldi. Havaya topraklar saçıldı. Top kimsenin beklemediği bir yavaşlıkta ve kimsenin ummayacağı bir yönde falsolu bir rota izleyerek herkesi hazırlıksız yakaladı. Çok farklı bir beklentiyle kaskatı kasılmış olan kalecinin kendini toparlamasına bile fırsat vermeden, dolaşmaya çıkmış yaşlıca bir hanımefendi edasıyla tıngır mıngır yuvarlanarak, kalecinin bacakları arasından kaleye girdi.

Kıyamet koptu! Tribünlerdeki çığlıklar çevredeki ağaçları bile salladı. Maçın yalnızca birkaç dakikası kalmıştı.

Deniz orta sahaya doğru koşarken Attila'nın sesini duydu: "Beraberliği koruyalım yeter, tamam mı?"

"Tamam," dedi Deniz. Sahadan beraberlikle ayrılmaları onlar için zafer olacaktı. İki gol atmışlardı, bu da yeterdi. Gururla tribünlere baktı. Gözleri Miray'ı aradı. Miray'ın havaya kalkmış olan kolunu, sonra da elinin üç parmağını gördü. "Üç!" diyordu Miray.

O da kolunu kaldırdı. Parmaklarıyla üç işareti yaptı. Sonra koşarak Attila'nın yanından geçti. Geçerken, "Bir gol daha atacağız!" dedi.

Ancak bu pek mümkün görünmüyordu çünkü çok hırslanan rakip takım topu kaptırmamaya ve sahadan beraberliği bozarak ayrılmaya kararlıydı. Yüzleri asıktı ve sert oynuyorlardı. Attila endişeliydi. Bulut, Cem ve İlhan topu kaleye yaklaştırmamaya çalışıyorlardı.

Toprak var gücüyle topa girmeye çalışıyor, hiç değilse bir dokunup topu taca atmayı tasarlıyordu. Bu onlara zaman kazanırırdı. Ancak rakip oyuncu bir dansöz gibi kıvırıyor, Toprak topa yaklaşamıyordu bile. Üstelik bu kez paslı oynamaya başlamışlardı. Uzun paslarla birbirine ulaşıyorlar, bu da Yoncasporluları iyice yoruyordu. Deniz umutsuzluğa düşmek üzereydi ki birden topun Toprak'tan Attila'ya doğru gelmekte olduğunu gördü. Sevinçle zıpladı. Topu almışlardı. Attila genellikle soğukkanlıydı. Böyle kritik bir durumda bile ciddi bir ifadeyle gözleri sahayı tarıyor, topu kaydıracağı en uygun pozisyondaki takım arkadaşını belirlemeye çalışıyordu. Rakip oyunculardan biri rüzgâr hızıyla ona doğru aktı. Attila son anda topu ayağında geri çekince ani fren yapıp yön değiştirdi. Attila onun frenlediği anı iyi değerlendirdi. Kendini durdurup geri dönmeye hazırlamış olan rakip oyuncunun gitmekte olduğu yöne hamle yaptı. Bu kez onun önüne geçmişti ancak rakip kaleye değil, kendi kalesine doğru gidiyordu şimdi. İlk bakışta sanki kaleyi şaşırmış gibi bir hali vardı. Ancak bir anda ayağının küçücük bir dokunuşuyla topu soldan kaydırıverdi. Onu Cem karşıladı. Cem hiç bekletmedi topu, hemen İlhan'a çevirdi. İlhan rakip kaleye yöneldi. Ancak, kalecinin son derece hazırlıklı beklemekte olduğu belliydi. Çok da iyi bir kaleciydi; az önceki golü yerkenki şaşkınlığı şimdi öfkeye dönüşmüştü üstelik. İlhan bir süre iki yana sendeleyerek tam karşısına gelmiş olan rakibini şaşırtmaya çalıştı. Ancak rakibi sert daldı. "Eyvah!" dedi Deniz içinden. Topu kaptırdıklarını sanmıştı ama kaptırmadılar. Bulut yetişti. Bulut çok atak bir oyuncuydu. Sahada çok hızlı yer değiştirir, rakiplerinin karşısına hiç beklemedikleri anda çıkardı. Yine öyle oldu. "Hemen kaleye!" diye bağırmak istedi Deniz. Ancak Bulut kaleye bakmadı bile. Beklenmedik bir pasla topu Deniz'e kaydırdı ve hızla kale tarafına kaydı. Deniz mesajı almıştı. Topa daldı ve ayağında bir an bile tutmadan geldiği yere, Bulut'un ayaklarına gönderdi. Tribünler heyecanla ayağa kalktı. Kaleye Deniz'den bir vuruş bekleyen rakip kaleci gafil avlanmıştı. Bulut'tan gelen zımba gibi topa balıklama atladıysa da topla birlikte kale içine düşmüştü. Hakemin düdüğü maçı bitirdi.

Deniz ve Bulut sevinçle birbirlerine sarıldılar. Az sonra ikisi de Yoncasporluların omuzlarındaydılar...

## On dokuz

"Ne yaptın sen Zıpır!" Deniz omuzlarda sekiz on tur döndürüldükten sonra hemen yedekte beklerken oturduğu sıraya koşmuştu. Gördüğü manzara korkunçtu. Zıpır elinde paramparça olmuş bir palamutu kemirip duruyordu. Tadını beğenmemiş olmalıydı çünkü yüzü bumburuştu. Deniz uzanıp palamutu elinden almak istedi ama Zıpır koşarak kaçtı. Deniz onca maç yorgunluğunun üstüne bir de maymun kovalamak zorunda kalınca sinirlendi ama yine de koştu. Zıpır önde o arkada sahanın çevresinde dönmeye başladılar. Miray, Hüseyin Dede ve Neriman Hanım kahkahadan kırılıyorlardı. Zıpır sonunda kaçmaktan vazgeçti. Olduğu yerde durdu. İki elini açtı ve sırıtarak Deniz'e baktı. Deniz yaklaştı, Zıpır'ın avuçlarını açtı. Bir avucunda bir iki kıymıktan başka bir şey kalmamıştı.

Zıpır'ı kucaklayıp geri döndü. Zıpır ona sarıldı ve özür dilemek istercesine "Viiyyyk!" dedi.

"Ne oldu?" dedi Neriman Hanım.

Deniz nasıl anlatabilirdi ki o palamutun kendisi için ne kadar önemli olduğunu? "Palamutum..." dedi. "Palamutum vardı, cebimden düşünce almış..."

"Palamut mu? Bunun için miydi yani bu koşu? İlahi çocuk, palamuttan bol ne var?"

"Yok," dedi Deniz. "O başkaydı... Şey... Uğurumdu benim..."

Miray Deniz'e yaklaştı.

"Haydi haydi," dedi Miray. "Uğur filan gerekmiyordu sana bence."

“Şey... Ama...”

Deniz'in kafası karışıktı aslında. Oynarken palamut yoktu üzerinde. Nasıl olmuştu peki?

“Şey...” dedi yine. “Ben de anlamadım nasıl olduğunu...”

Hüseyin Dede bir kahkaha attı. “Ne varmış anlamayacak? İki gol attın işte, daha ne istiyorsun?”

"Ama ben topa yamuk vuruyordum hep..."

"Tabii ki yamuk vuruyordun!" dedi Hüseyin Dede. "Çünkü topa vururken yamuk vuracağını düşünüyordun ama şimdi öyle olmadı değil mi?"

"Evet..." dedi Deniz. "Öyle olmadı..."

"Heey, bu aslanlar iyi bir ödülü hak etmediler mi sizce? Yürüyün! Hepinizi evime davet ediyorum... Köfte yapacağım size..."

"Köfte mi?"

"Evet, köfte. Koca bir tavam var, hepinize yeter..."

"Biliyoruz biliyoruz!.." dedi Hüseyin Dede. Zıpır tava sözünü duyunca onun kucağına sıçramış, elleriyle başını kapatmıştı. "Şey..." dedi Hüseyin Dede. "Zıpır köfteyi pek sevmez. Ben de pek yemesem iyi olur, köfte bende baş ağrısı yapıyor da..."

## Ötekiler:

**• Sihirli Kaykay**

Bülent kaykay yarışmasını nasıl kazandı? Valinin kızı İlknur'u haydutların elinden nasıl kurtardı?

**• Sihirli Şapka**

Burak yatağın üzerindeki şapkayı başına takınca ne oldu? Doğum günü partisi basan palyaço kılıklı adamın niyeti neydi?

**• Sihirli Kitap**

Oktay'ın doğum gününde armağan olarak gönderilen tuhaf paketin içinde ne vardı? Nilüfer ve Oktay dinozorlar çağında bir T-Rex'e yem olmamayı nasıl başardılar?

**• Sihirli Şemsiye**

Nilay'ın, kapının girişinde bulduğu şemsiye nereden gelmişti? Ormandaki kaçak evi kim yapıyordu? Sınıf arkadaşı Ömer'in bu evle ne ilgisi vardı?

**• Sihirli Küre**

Ozan nasıl oldu da bir saniye içinde kendini Yeni Zelanda'da buluverdi? Bindiği kamyondaki adamlar kivilerin altında ne saklıyordu?

**• Sihirli Gözlük (üç kitap)**

Emre neden gözlük takmak istemiyordu? Alışveriş merkezine mankenle giren adamın amacı neydi? Emre dünyanın öteki ucuna neden götürüldü?

**• Sihirli Küpe**

Elif neden geceleri uyumakta güçlük çekiyordu? Gizem'in babası niçin çok para kazanmak zorundaydı? Gizem'in sorunu neydi?